팔랑개비, 세상을 날다

팔랑개비, 세상을 날다

짜장면 배달원 출신 공직자의 '삶과 생각'

도·서·출·판 **문화문고**

들어가는 말

수원시에 임용된 1994년 당시 사실상 국민학교 졸업(중학교 검정고시 합격) 수준이었습니다. 요즘 후배들처럼 화려한 스펙(이력)은커녕 실력의 척도로 여기는 외국어 실력도 속된 말로 개판이었습니다. 국민학교도 제때 졸업하지 못하고 사회에 나왔으니 제대로 된 졸업장 하나 없었음은 당연합니다. 하지만 수원시를 대한민국의 공공기관 가운데 최고 수준의 기관으로 만들기 위해 혼신의 힘을 다하겠다고 마음속으로 다짐했습니다. 무식하면 약이 없다고요? 천만의 말씀! 꿈꾸는 자에게는 언젠가 현실이 될 수 있다고 박박 우기며 살고 있습니다.

과거부터 최대경쟁력을 '국졸'이라고 자신있게 말해 왔습니다. 국졸을 어떤 때는 오히려 장점으로 여기기도 했습니다. 비근한 말로 공부하기 싫어 못한 것이 아닌 가정환경이 여의치 않아 상급학교에 진학하지 못했기 때문입니다. 하지만 솔직히 말하면 학력으로 인해 부끄러움과 스트레스를 받은 적이 적지 않았습니다. 좌우간 덕분에 중국음식점의 짜장면 배달원부터, 전기와 가스기사, 대형트럭(트레일러 등)의 운전기사, 공인중개사, 북아프리카(리비아)의 노동자 생활, 도시가스 설비기사 등 흔히 말하는 사회의 밑바닥부터 다양한 체험을 했습니다.

이런 경험을 통해 수원시에 임용된 이후, 여러 선·후배 동료 공직자의 도움으로 학문을 겸했습니다. 하지만 공직에서 학문을 병행한다는 것은 말처럼 쉽지 않았습니다. 거대한 산처럼 느껴졌습니다. 초지일관 벼랑 끝이라 생각하고 열과 성을 다했습니다. 누구의 말처럼 "본래 무식했던 놈이니 소득이 없으면 그만이고 결과가 좋으면 얼마나 좋겠나!"라는 생각으로 올인했습니다. 행운의 여신(?)은 비켜가지 않았습니다. 검정고시를 통해 대학에서 공부를 할 수 있는 기회가 주어졌습니다. 속된 말로 죽도록 공부에 매진했던 것이 주효한 셈이었습니다.

국졸이라고 당당히 외치고 다녔던 저는 가끔 스스로에게 박수를 보내는 웃기는 놈입니다. 남들은 경솔하다고 생각할지 모르나 스스로의 삶을 반추해 보면 부끄럽지 않게 살아왔기 때문입니다. 그야말로 평범하지 않은 삶을 살아온 만큼, 자강불식自彊不息하는 삶을 지속하고 있습니다. 그러면서 그간 '받은 만큼 돌려줘야 한다'는 생각을 잊지 않고 있습니다. 혜택받은 것을 돌이켜 볼 때 계량할 순 없지만 과분할 만큼 많이 누리며 살았습니다. 어떤 형태로든 되돌려주어야 한다는 생각에 잠을 툭하면 설칩니다. 하루이틀이 아닙니다. 다행(?)입니다.

이 책은 저의 '삶과 생각' 일부를 가지고 기술하였습니다. 숨기고 싶은 이야기도 없지 않습니다만 평소 제 성품대로 가감없이 드러냈습니다. 아마도 비판 내지는 비난도 없지 않을 듯합니다. 하지만 저의 이력 그대로의 모습을 왜곡할 수 없다는 점에서 모두 다 받아들여 살아가면서 약으로 삼고자 합니다. 마뜩찮더라도 이런 삶도 있음을 통해 타산지석他山之石 내지는 반면교사反面教師가 되었으면 하는 바람으로 세상에 내놓습니다. 대체로 제가 살아온 '삶'의 일부와 세상을 바라보는 관점, 즉 저의 '생각'을 약간 기술했습니다. 독자제현의 질정叱正을 바랍니다.

2016년 2월, 우만동의 누추한 연구실에서~

차례

생각

삶

가능한 있는 그대로 기술하다 보니 '속된 말'을

종종 사용하였습니다. 널리 양해를 바랍니다.

분교 출신 친구들과 한참 어울리다 우연히 본교 출신의 한 학년 위의 조영훈이란 친구가 합석하게 되었다. 내 친구들은 그 녀석이 중학교에서는 일 년 선배이다 보니 일정한 예우를 했지만, 난 그들처럼 예우를 하지 않고 과거처럼 편히 대했다. 더구나 그 녀석과는 어릴 적부터 바로 옆집의 친구로 지냈던 터라 예우 같은 건 나에게 있을 수 없는 일이었다. 하지만 이 녀석은 내가 친구들과 같은 입장이라 생각하고 자기한테 예우하라고 종용했다. 난 중학생이 아니니 그럴 이유도 필요도 없다고 거부했다. 그러자 이 녀석이 다짜고짜 "야! 김해영, 중학교 문턱에도 못 가본 놈이 왜 말 안 들어!" 하는 게 아닌가? 순간 뚜껑이 열렸다.[2] 가뜩이나 중학교를 진학 못해 콤플렉스로 작용하고 있는 데다 친구들이 모여 중학교 얘기만 해도 부러워 죽어가고 있는데, 이 시끼가 불을 지피다니 참을 수가 없었다. 자리에서 벌떡 일어나 "그래 나 중학교 문턱도 못 가봤다. 이 개시끼[3] 내 주먹맛 좀 봐라." 순식간에 그 녀석을 넘어뜨려 코를 과녁 삼아 사정없이 스트레이트를 날렸다. 옆에 있던 친구들이 뜯어 말

2) '뚜껑이 열리다'라는 말은, 기(氣)가 머리 한쪽으로 몰려 기분이 매우 나쁘다는 나만의 속어(俗語).

3) 속된 말로 '개새끼'를 에둘러 표현한 나만의 속어.

려 일어나 보니, 그 녀석의 얼굴은 말이 아니었다. 코와 입속이 다 터졌는지 피가 줄줄 흘렀다. 난 화가 덜 풀렸는지 "야 이! 개시끼야 중학교 문턱도 못 가본 놈이라고 다시 말해 봐?" 하자, 곧 죽어도 "에이 중학교 문턱도 못 가본 놈아!"라고 하는 게 아닌가? "이런 개시끼가 정신을 덜 차렸네." 하면서 얼굴뿐 아니라 팔과 다리를 더 팼다.

친구들은 이러다 무슨 사달이 나겠다면서 나를 잡아끌어 현장을 벗어났다. 영훈 녀석은 그날 이후 나만 보면 피했다. 난 그런 녀석을 볼 때마다 기분이 좋지 않았다. 마음 한 구석에 남아 있는 '중학교 문턱에도 못 가본 놈'이 떠올랐기 때문이다. 강복남 선생님과 조영훈의 그런 아픈 침鍼들이 있었기에 지금도 지랄발광(?) 하는 것이겠지만 당시엔 참으로 아쉬움이 많았다. 강복남 선생님과 영훈 친구, 어떻게 지내고 있는지. 명절 때면 궁금해진다.

쟁반으로 짬뽕 배달하다 엎어진 날

짜장면과 인연을 맺게 된 건 지금으로부터 45년 전으로 올라간다. 어머니가 이른바 짜장면집 요리사 출신인 계부繼父를 만나면서부터다. 어머니와 계부는 같은 동네에서 과부와 홀아비로 살다 이웃의 중매로 만났다. 우리 어머니 쪽은 자식이 넷, 계부 쪽은 하나. 그래선지 재혼초부터 갈등이 적지 않았다. 여동생과 계부의 자식이 동갑인 이유로 둘만 중학교를 진학할 수 있었고, 우리 삼형제는 국민학교를 마치기 무섭게 사회로 진출한 것도 이와 무관치 않다.

여하튼 어머니와 계부가 합치면서 어머니가 가지고 있던 이른바 종잣돈과 계부의 요리기술이 만나면서 이른바 짜장면집을 차리게 되었다. 같은 동네에서 가게를 한다는 게 쑥스러웠던지 고개 넘어 이웃 동네로 이사하여 중국음식점을 오픈했다. 어머니 개가 이후, 한 3년 정도 지나자 난 국민학교 6학년이 되었다. 형님 둘은 이미 사회인이 되었고, 나 또한 일찌감치 사회생활을 해야만 했다. 개 눈엔 뭐만 보인다고 또 다른 고개 넘어 동네 짜장면집에 취업했다.

내가 처음으로 사회생활한 곳의 짜장면집은 강원도에서도 오지로 손꼽히는 철원군 근남면 면사무소 근처였다. 우리 부모님 또래의 사장님 밑에서 일을 했는데 사장님 자식들도 우리 형제들과 비슷한 또래들이었다. 하지만 사장님댁 자녀들은 나름 유복한 상태였고, 난 월급도 없는 그저 '먹고 자는 것'으로 교섭이 완료된 상태로 그야말로 생존을 위해 일해야만 했다. 나의 업무분장은 홀에서 서빙하는 것과 주방에서 그릇 닦는 일, 외부로 배달하는 일 등이었다.

생각해보니 그 곳에서 한 겨울을 난 정도이니, 대략 6개월 정도를 일했던 듯하다. 큰 고개 하나 넘으면 우리 집이 있는 동네라 슬플 이유가 전혀 없는 거리인데, 너무도 어린 탓인지 왜 그리 집이 그립던지, 왜 그리도 집엘 가고 싶었는지 아직도 모르겠다. 뭐 집에 간다고 반겨줄 사람도 없다는 걸 누구보다 잘 알고 있었음에도 집이 그립고 어머니 손길이 그리웠던 건 지금도 미스터리다. 참고로 어머니와 계부 사이는 악연惡緣인지 하루도 쉼 없이 다투었다.

생존을 위해 몸부림치던 어느 날, 면사무소에서 숙직하던 아저씨가 짬뽕과 탕수육 등을 시켰다. 조금 늦은 주문이었지만 요리가 포함됐다는 이유로 사장님은 흔쾌히 배달해주겠노라고 답하고 음식을 만들기 시작했다. 자연스럽게 난 배달 준비를 마치고 음식이 나오는 대로 일본말로 오봉으로 불리는 큰 쟁반에 담았다. 참고로 이른바 '철가방'은 당시 제법 큰 음식점에서만 사용했고, 우리처럼 영세한 음식점에서는 오봉이라는 큰 쟁반으로 배달을 했다.

연배가 좀 있으신 분들은 금방 이해를 하겠지만 오봉(쟁반)이라는 게 철가방과 달리 배달할 때 좀 힘든 게 아니다. 철가방의 경우, 가다가 힘들면 팔을 바꿔가며 배달하지만, 오봉은 두 손으로 가슴 쪽으로 꽉 움켜잡고 균형을 맞춰 가야하기 때문에 힘이 곱절 이상이다. 게다가 그릇도 질그릇이었기 때문에 깨지기도 잘하고, 무게 또한 굉장했다. 그러다 보니 배달 도중에 힘들어도 중간에 쉬기도 만만치 않아 가급적 균형을 잡고 마구 달려가는 것이 다반사였다.

짬뽕과 탕수육 등을 오봉(쟁반)에 잔뜩 담아 면사무소 숙직실을 향해 가게 문을 나서기 시작했다. 아마도 초겨울쯤 된 듯했다. 그곳의 짜장면집과 면사무소 숙직실의 거리가 그리 멀지 않은 곳이었지만, 가로등 하나 없는 캄캄한 거리를 그것도 오봉으로 그 음식들을 면사무소 숙직실까지 가기란 결코 만만한 거리가 아니었다. 평소 나이답지 않게 깡다구가 누구보다 쎄고, 뚝심이 대단하다는 가게 사람들의 말만 믿고 플래시 없이 간 것이 화근이었다. 문제는 면사무소 정문 가까이에 이르러 벌어졌다. 애초에 어두웠을 땐, 멀리서 대략 감으로 천천히 걷다가 면사무소 근처에 다다르자 길이 살짝 보이기 시작하면서 발걸음도 빨라진 것이다. 이제 거의 다왔다는 안도를 하기 무섭게 면사무소 정문 앞에 놓인 중간 돌(섬돌 만한 두 개의 돌)을 보지 못하고 그만 걸려 넘어진 것이다. 순간적으로 "어이쿠 난 이제 죽었다."는 생각뿐이었다. 음식을 제대로 배달하지 못하면 온갖 욕설과 매(구타)를 감수해야 했기 때문이다.

무슨 정신이었을까? 지금도 수수께끼다. 돌에 걸려 넘어지면서도 배는 돌 위에 걸려 있었고, 두 팔은 오봉(쟁반)을 오롯이 잡고 있는 게 아닌가! 물론 탕수육은 약간이긴 하지만 그릇 밖으로 흩어졌고, 짬뽕 국물은 반쯤 쏟아졌다. 그래도 이게 어디냐? 완전히 뒤집어지지 않은 게 얼마나 다행이란 말인가를 중얼거리며 수습했다. 어느 정도 정리하여 숙직실로 들어서면서 이를 어떻게 설명해야 하나? 다시 음식을 만들어오라시면 어쩌나? 걱정과 두려움이 앞섰다.

나의 몰골을 본 숙직실 아저씨는 굳이 설명하지 않아도 금방 알아차렸다. "아이고 꼬마야 오다가 넘어졌구나? 어디 다친 데는 없니?" 하면서 밤늦게 배달을 시켜 이렇게 된 거라고 오히려 미안하다는 말로 나를 달랬다. 바짝 긴장했는데, 어떻게 이렇게 얘기할 수가 있지? 속으론 기쁘면서도 '세상에 이런 아저씨가 다 있네.'를 연발하며 도무지 의아한 생각을 떨쳐 버릴 수가 없었다. 다리와 팔이 까진 채로 면사무소 숙직실을 나서면서 왠지 뿌듯함을 느꼈다.

세상에는 참으로 '따뜻한 마음씨를 가진 분'이 계시다는 것을 그때 처음 알았다. 그리고 남의 입장을 십분 이해하여 '배려할 줄 아는 분'도 계시다는 것을 알았다. 그날 이후, 난 사람들의 말투와 행동거지를 보기 시작했다. 남을 배려할 줄 아는 사람인지, 자기만 위하는 이기주의자인지를. 그런 영향인가? 음식점에서 일하는 사람들이 세상에서 가장 힘겨운 노동자로 보인다. 음식 늦게 나온다고 투정하지 않으며, 서비스 받는 데서도 항상 감사함을 잊지 않는다.

짜장면집에서 공군부대로

처음 사회생활을 했던 짜장면집에서 한겨울을 보내고 어떤 이유에서인지 집으로 돌아온 난 어머니의 호된 꾸지람을 들어야만 했다. 한번 사회에 나갔으면 죽어도 그곳에서 죽어야지 일 년도 못 버티고 돌아온 게 말이 되느냐는 것이었다. 그때만 해도 어머니와 계부는 갈등이 많았다. 특별한 원인이 없음에도 늘 다투었다.

내 존재도 다툼의 원인에서 벗어나지 못했다. 그래서인지 어머니는 자식들이 사회에 나가 성공하여 집에 돌아오지 않기를 기대하는 듯한 말씀을 많이 했다. 아! 집 나가면 집이 그리운 법인데, 들어오기만 하면 부모님의 다투는 모습에 난 신물이 났다. 그런 영향인가? 부부가 다투지 않고 사는 것만 봐도 그냥 좋게 보인다.

집으로 돌아온 이후부터 풀이 죽어 가던 어느 날, 어머니는 공군부대에서 일해보는 것이 어떻겠냐는 제안을 해왔다. 집에 계속 있어봐야 개뿔 비전이 없는 만큼, 일찌감치 사회에 다시 나갈 것을 권한 것이다. 난 즉시 수락했다. 눈총 받지 않아서 좋고, 나로 인해 다투는 모습도 더 이상 보지 않을 수 있었기 때문이었다.

과거 미군으로부터 인수한 공군부대는 대성산[4]에 위치해 있다. 가장 최전방에 있는 레이더 기지의 하나로 대한민국 국방에 반드시 필요한 요충지要衝地다. 그 당시 부대 병사래야 간부 포함 대략 팔십여 명 남짓 했다. 난 BX(일종의 슈퍼)에서 물건 파는 일과 식당에서 음식 만드는 일, 청소 등 허드렛일 등이 주요 업무였다.

짜장면집에서도 고생을 많이 했지만, 공군부대에서도 마찬가지였다. 병사들의 아침밥을 위해선 새벽 여섯 시부터 움직여야 했다. 그때만 해도 자격 있는 영양사나 조리사가 없었기 때문에 취사병들은 보이는 식재료를 가지고 음식을 만들어 제공했다. 물론 참모들이 이러저러한 음식을 먹고 싶다고 하면 특식(?)을 제공하기도 했다.

좌우간 시절이 시절인 만큼 나 같은 사람이 식당에서 밥을 해주는 게 다반사였다. 취사병이 몇 있었지만, 모두들 새

4) 한겨울만 되면 일기예보의 단골 산으로 이름난 대성산(大成山)은 광주산맥(廣州山脈)에 속하는 산으로 북쪽의 백암산(白巖山)과 적근산(赤根山), 남쪽의 백운산(白雲山)과 화악산(華岳山), 서남쪽으로 수피령과 복계산 등으로 형성돼 있다. 한국전쟁 때 국군과 중국군 간의 치열한 전투가 있었던 곳으로도 유명하다.

벽 기상이 싫어 주로 나에게 미루었다. 취사병들의 말을 고분고분 듣지 않으면 언제든 얻어맞을 수 있기 때문에 그 당시 거부한다는 건 상상을 못했다. 또 거기서 쫓겨날까 싶어 늘 비위를 맞출 수밖에 없었다.

솔직히 지금 그런 일을 하라면 죽어도 못할 것이다. 그럼에도 그때는 새벽마다 척척 일어나 어두운 식당의 전깃불을 켜고, 석유난로에 불을 지피고, 전기밥솥에 쌀을 씻어 안치고 이런저런 음식을 만들었다. 얼마 지나지 않아 이력이 생기자 병사들의 아침식사는 아예 내 몫이 돼버렸다. 힘들었지만, 보람도 없지 않았다. 하지만 맨날 혼자 조식을 준비하다보니 짜증나기 시작했다. 간편하게 대응했다. 김치와 계란 프라이, 마가린, 미역국 등으로 주야장천 배식했다. 한동안 병사들이 "어이구 매일 미역국이냐?"를 연발했다. 불만이 터

져 나오지 않을 수 없었다. 그럼에도 별 수가 없다고 하면서 오랫동안 미역국을 고수한 것은 훗날 미안하기도 했다.

사람이 살아가면서 항상 나쁜 일만 있는 건 아니었다. 새벽부터 저녁까지 쉴 틈이 별로 없었지만, 저녁식사 마치고 식당 정리하고 나면 나를 위안할 수 있는 시간이 주어졌다. 밤 시간을 활용하여 몇몇 병사들로부터 이른바 '국·영·수' 등을 공부했다. 개뿔도 모르고 살다 뭔가 하나씩 알아간다는 맛이 있었다. 재미가 쏠쏠했다.

호사다마好事多魔라 했던가? 식당과 BX(일종의 슈퍼) 등에서 하루하루 큰 문제없이 지내던 어느 날, 난 그곳에서 떠날 수밖에 없는 사건이 벌어졌다. BX에서 뭉칫돈이 사라진 것이다. 얄궂게도 담당 병사가 나를 범인으로 지목했다. 헌병 몇 사람이 돈을 어디에 두었냐고 추궁했다. 나를 도둑으로

몰다니, 억울하기만 했다. 보지도 못한 돈을 어떻게 가져갈 수 있겠느냐고 아무리 항변해도 인정하지 않고 다그치는 헌병들이 야속하기만 했다. 그렇게 시간을 보내던 어느 날, 행정반에서 나를 부르더니 일방적으로 권고사직을 강요했다. 어린 마음에 내준 종이에 이런저런 기록을 하고 곧 보따리를 쌌다. 그리고 1000미터 고지 대성산에서 하산했다.

사실 보따리를 싸면서 난 두려웠다. 직장을 잃는다는 사실보다 두려웠던 건 따로 있었다. 짜장면집에서 일을 접고 집으로 돌아가 어머니로부터 엄청난 꾸지람을 들었던 기억 때문이다. 그럼에도 뾰족한 수가 없던 난 집으로 향할 수밖에 없었다. 예상은 빗나가지 않았다. 어머니로부터 중도에 하산했다고 신랄하게 구박 당했다.

공군부대에서 하산한 이후, 난 한동안 허송세월했다. 그러던 어느 날, 공군부대에서 벌어졌던 사건의 진범이 잡혔다는 소식이 들려왔다. 그러면서 다시 올라오라는 소식이었다. 정나미가 뚝 떨어져 거절했다. 그리곤 시간이 지나 수도 서울 홍대 앞의 '동원'이라는 짜장면집으로 향했다. 이제 서울에서의 생활이 시작된 것이다.

아! 홍대 앞 짜장면집

공군부대에서의 생활을 그렇게 마치고 빈둥빈둥 시간을 축내던 난 서울의 홍익대학교 앞의 '동원'이라는 짜장면집에서 일하기로 하고 서울로 향했다. 비포장 길로 대여섯 시간이 걸려 마장동 터미널에 도착했다. 서울에 당도하기 무섭게 난 벌어진 입을 다물 수가 없었다. 무슨 자동차가 그렇게 많고 빌딩은 대체 어떻게 저리도 많단 말인가! 한마디로 아연실색했다. 그때 충격으로 지금도 빌딩만 보면 몇 층짜리인지를 헤아리는 습관이 있다.

실색한 상태로 한참을 두리번거리다 홍익대학교가 있는 서교동까지는 택시로 이동하기로 하고 잡아탔다. 이게 문화충격이라는 것인가? 텔레비전에서나 보던 택시를 타고 버스 옆을 지나가는데, 버스 타이어 높이밖에 안 되는 낮은 택시가 어찌나 쌩쌩 잘도 달려 나가는지. 그야말로 서울은 나에게 모든 게 신천지로 보였다. 월급도 없이 팔려가는 주제임에도 슬퍼할 겨를이 없었다. 신기함이 머리를 마구 어지럽혀 가고 있었기 때문이리라.

그렇게 달리기를 40여 분(?)이나 지났을까. 새로운 일터인 '동원'이라는 짜장면집에 당도했다. 먼저 사장님 부부에게 인사를 마치기 무섭게 시작된 서울에서의 사회생활은 즐겁기만 했다. 그도 그럴 것이 신천지로 느꼈던 곳이었으니 얼마나 좋았겠나. 그곳엔 주방에서 일하는 형들이 주방장 포함하여 다섯 명쯤 되었다. 난 홀에서 서빙하는 일과 외부로 배달하는 게 주요 책무였다. 굳이 따지자면 부자동네의 특성상 홀보다는 배달을 주로 했다.

서교동의 지리를 조금이라도 아는 이들은 금방 이해를 하겠지만, 그 지역은 예나 지금이나 아파트보다는 단독 주택들이 즐비하다. 아파트의 경우 동 호수를 확인하기 쉬워 배달하기 어렵지 않지만, 이놈의 단독 주택으로 이뤄진 동네는 번지수를 잘 꿰고 있어야 하는 어려움이 있다. 더구나 번지수도 질서 정연하게 되어 있으면 좋으련만 그 동네는 막다른 골목도 많고, 무질서한 번지수로 인해 배달해먹기 한마디로 지랄 같은 지역이었다.

규모가 되는데다가 나름 유명한 짜장면집으로 소문이 나서인지 그 집은 항상 배달이 넘쳐 났다. 배달하는 사람들은 세 명의 형들이 있었고 내가 합류하여 발바닥에 불이 날 정도로 뛰어도 여전히 벅찰 정도였으니 매출이 제법 되는 곳이었다. 배달하면서 이런저런 어려움이야 없을 수는 없지만 그나마 나를 위안으로 삼게 한 것은 역시 부자 동네라는 것과 유명인들이 대거 산다는 지역의 짜장면집에서 일한다는 유치하기 짝이 없는 것이었다.

지금은 초라하기 짝이 없지만 그렇게 커보였던 극동방송국을 안방 드나들 듯했고, 수도경비사령관이나 보안사령관 등 힘 좀 쓰는 사람들의 집을 자주 드나들었다. 연예인으로 장미희 씨가 막 뜬 스타로 우리 짜장면집 단골이었고, 요즘은 잘 보이지 않지만 당시 대스타였던 한혜숙 씨도 단골이었다. 그리고 김혜자 씨와 모노 연기로 유명했던 추송웅(아들 하나와 딸 하나를 둠. 그 딸이 지금의 추상미) 씨가 배달 음식을 자주 시켰던 고객들이었다.

하지만 이런 유명인들 집을 빼고는 배달하는 게 만만치 않았다. 그놈의 번지수 때문이다. 번지수를 찾느라 시간이 지체되어 자칫하면 음식이 불어 터지기 일쑤였다. 지금처럼 랩이 있는 것도 아니고, 게다가 경우에 따라 두세 곳을 동시에 배달해야 했기 때문에 시간이 소요되면서 자연스럽게 음식이 불게 되고 또 뛰어다니다 보면 일부지만 국물도 쏟아짐으로써 더 빨리 부는 원인이 되었다. 가급적 빠르게 배달하는 수밖에 별 도리가 없었다.

맛있게 먹겠다고 잔뜩 기대에 부풀어 있는 고객들에게 불어터진 음식을 내 놓는다고 생각해보라. 생각만 해도 끔찍한 일이다. 당연히 욕설은 기분이고 주먹질도 서슴지 않았다. 그런데 더 섭섭했던 건 사장님의 태도였다. 배달의 정서를 누구보다 잘 알면서 더 빨리 배달할 것을 강요하는 과정에서 온갖 욕설과 구타를 자행했다는 사실이다. 특히나 사장님도 내 또래의 아이 둘을 키우면서, 어떻게 나에게는 그토록 매섭게 대했는지 아이러니했다.

지금이야 상상이 안 가지만 그때는 나처럼 짜장면 배달하는 이들은 사람 취급을 제대로 받지 못했다. "야~!!"는 기본이고 "야이, 새끼야~!!"를 듣지 않으면 운수대통한 날이다. 물론 가끔 따뜻하게 대해주는 고객도 없지 않았으나 드물었다. 사장님과 고객들로부터 구박당하면서도 가끔 머리 깎고 학교 다니는 아이들이 부러웠다. 저 애들은 책가방 들고 다니는데 난 왜 매일 철가방만 들고 다녀야 하는 것일까? 그럴 때마다 조용한 곳에서 울었다.

헤겔의 주장처럼 어느 순간 인정[5]받고 싶어졌다. 궁하면

5) 헤겔(F. Hegel, 1770~1831)은 '주인과 노예의 관계'를 통해 노동의 중요성을 강조했다. 그에 따르면, 인간이 자의식을 갖고 있는 것은 '욕망' 때문이다. 이 욕망은 다른 사람으

변화를 꾀하라[6] 했던가? 틈나는 대로 복덕방을 찾았다. 약도가 있었기 때문이다. 주요 지점과 번지수가 어떻게 전개되는지를 숙지했다. 얼마 지나지 않아 서교동은 물론 동교동, 상수동, 하수동, 당인동까지 꿰뚫게 되었다. 누구말대로 어느 날 아침, 이른바 '배달의 달인'이 되어 있었다. 깡다구 하나 믿고 뛰던 때완 달리 아주 합리적으로 짧은 시간 내에 배달하는 방법을 터득한 것이다.

배달의 달인이 되자, 예우가 달라지기 시작했다. 욕도 구타도 사라짐은 물론 사장님으로부터 월급이라는 것을 타기 시작했다. 오천 원이라는 비교적 적은 액수였지만, 나에겐 충격 그 자체였다. 게다가 허섭했지만 옷도 사주셨다. 이때 작은 깨달음을 얻었다. 더 이상 떨어질 곳이 없는, 이른바 바닥을 쳤다는 인식을 한 것이다. 얼마 전까지 허름한 옷가지 몇 개가 전 재산(?)이었는데, 매월 오천 원에 옷까지 생기다니 올라갈 것만 남았음을 깨친 것이다.

지금도 물질적으론 지질이 삶을 벗어나지 못하고 있지만,

로부터 이른바 '인정받고 싶은 욕망'이다. 가령 우리가 명예를 얻고 싶고 돈을 많이 벌고 싶고 권력을 갖고 싶은 것도 언뜻 자기 스스로 만족을 얻고 싶은 것처럼 보이지만, 이면을 자세히 들여다보면 다른 사람들로부터 인정을 받고 싶은 것이다.

6) 『주역(周易)』에 "궁하면 변화를 도모하고 변하면 통하며 통하면 오래간다."(窮則變, 變則通, 通則久.)는 말이 있다.

그래도 주눅 들지 않고 잘 사는 것은 어렵게 살던 시절 덕분이다. 아무 것도 없던 시절에도 생존했는데, 지금처럼 많은(?) 것을 지니고도 만족하지 못한다면, 이것이야말로 큰 병으로 인식하기 때문이다. 여하튼 세상 사람들로부터 조금씩 인정을 받으며 살아가던 어느 날부터 마음 한구석에서는 그곳에서 벗어나고 싶은 욕구가 강하게 일기 시작했다. "야~ 짱깨"라는 호칭 때문이었으리라.

어느 날, 그곳에서 벗어나기로 마음을 다져 먹고 사장님께 정식으로 그만두겠다고 전했다. 사장님은 나를 한참이나 응시하다 방으로 데려가 잠시 있으라고 했다. 패기 좋은 몽둥이 하나를 가져왔다. 팔 다리 머리 가리지 않고 몽둥이세례를 당했다. 사장님은 구타 도중 간간이 "어떻게 해서 배달의 달인을 만들었는데, 그만두겠다고." 하면서 구타를 자행했다. 이러다 정말 맞아 죽겠다는 생각이 들어 빌기 시작했다. 열심히 일하겠다고 싹싹 빌었다. 그만두겠다고 얘기했다가 속된 말로 뒤지게 터진 이후로 그만두겠다는 생각은 싹~ 사라졌다. 이전처럼 열심히 배달에 매진했다. 그렇게 평온한 시절을 보내던 어느 날, 갑자기 기술을 배워야겠다는 생각이 들었다. 물론 사장님은 배달이 싫으면 주방에 들어가 요리기술 배우기를 권했지만, 과거 공군부대에서 경험했던 일이 생각나서 그냥 배달만 열심히 하겠다고 거부했다. 그런데 갑자기 새로운 기술(?)을 배우고픈 생각에 다시 파도가 쳤다.

본래 변덕이 죽 끓듯 하는 성품으로 타고나서인지, 갑자기 짜장면집이 무지하게 싫어지기 시작했다. 후다닥 벗어나고 싶었다. 하지만 이전처럼 아무 계획 없이 그만두겠다고 하면 다시 얻어터질 것 같아 이번엔 몰래 도망치기로 마음먹었다. 사장님의 마음을 안심시키기 위해 평소보다 더 열심히 배달했다. 그러면서 틈날 때마다 조금씩 짐을 싸기 시작했다. 디데이가 되었다. 모두가 새벽잠에 곯아떨어진 틈을 타 그곳을 탈출하는 데 성공했다.

짜장면집을 나오는데 성공한 난 지체 없이 터미널이 있는 마장동으로 향했다. 탈출했다는 행복감도 잠시, 시골에 가서 어머니에게 뭐라고 이 상황을 설명해야 하나를 또 고민하기 시작했다. 고민을 거듭해도 묘수가 떠오르지 않았다. 될 대로 되라. 자포자기 상태로 강원도 산골행 버스에 몸을 실었다. 구리를 거쳐 일동과 이동, 사창리를 거쳐야 마침내 나타나는 우리 동네. 비포장 길을 대여섯 시간 달리다 보면 소화는 더럽게 잘됐다. 배고팠다.

역시 우리 어머니는 지조가 있는 분이다. 이번에도 서울서 그냥 살지 왜 돌아왔냐고 난리를 치셨다. 한바탕 홍역을 치르고 나서 어떤 기술을 배워야하나 고민하던 차에 이웃 아주머니가 전기 기술을 배워볼 생각이 없느냐고 물어왔다. 여전히 어머니와 계부의 다툼 속에서 갈등하던 난 조건이고 뭐고 따질 처지가 아니었다. 무조건 가겠다고 승낙하고 조그만 보따리 하나를 꾸렸다. 새로운 세상에서 펼칠 청운의 꿈이 생긴 것이다.

수원이다.

아! 나의 이 팔랑개비

배달의 달인이 되어도 배달량은 달라지지 않았다. 아니 오히려 양은 더 늘어만 갔다. 예나 지금이나 일 잘하면 일이 배가 되는 것을 보면 웃기는 일이다. 짜장면집이나 공직도 예외가 아니다. 여하튼 짜장면집 생활 가운데 유쾌했던 날은 별로 없다. 하지만 설날과 추석이 다가오면 좀 달랐다. 시골엔 어머니가 계셨고, 어릴 적 친구들이 있었기 때문이다.

국민학교 소풍이나 운동회가 다가오면 잠이 잘 오지 않던 것처럼, 명절이 다가오면 그런 현상이 나타나곤 했다. 1976년 추석 때인가? 짜장면집 문을 닫고 모두들 시골로 향했다. 나도 깨끗한 옷으로 갈아입고, 시골에 가져갈 선물 이것저것을 사서 마장동 터미널로 향했다. 늘 그렇듯 그날의 마장동 명절 풍경 또한 크게 다르지 않았다. 사람들로 북적였다.

지금이야 인터넷으로 예약하거나 현장에서 바로 표를 구매할 수 있지만, 그때만 해도 누구나 터미널에서 승차권을 구매해야 했다. 줄을 서야 하는 건 당연했다. 지금 생각해 보니 터미널에서 만큼은 질서의식이 높았다. 승차권을 파는 창구를 기준으로 장사진을 이루는 게 보편적이었다. 보통 2~3시간 줄서서 기다려야 겨우 차표를 손에 쥘 수 있었다.

그날도 어김없이 터미널에 도착하기 무섭게 대열에 합류했다. 얼마나 지났을까? 아저씨 두 사람이 나에게 와서 말을 걸었다. "꼬마야. 혹시 다목리 쪽으로 가지 않니?" 나를 아는 사람인가? 순간적으로 "예, 다목리 갑니다."라고 답하자, 아저씨들은 반색을 하며 자신들도 다목리 쪽으로 가는데 미니버스를 타고 갈 예정이라며 같이 가자는 제안이었다.

땡잡았다고 속으로 생각하고 어떻게 하면 되느냐고 물었다. 아저씨들은 12명 정도가 부족한데 좀 더 사람들을 모아서 가야 한다고 했다. 이런저런 귀성객들에게 말을 걸어 같은 방향인지를 확인하는 작업에 들어갔다. 그렇게 어느새 한 팀이 되어 움직이다가 한 아저씨가 나를 터미널 밖으로 불러냈다. 아무 생각 없이 아저씨가 시키는 대로 움직였다.

아저씨는 제기동쪽으로 200여 미터쯤 보이는 '미원'이라는 대형 간판을 가리키며 그 아래에 우리가 타고 갈 버스가 대기하고 있으니 먼저 가 타고 있으라고 했다. 알았다고 출발하려는 순간, 아저씨는 가지고 있는 돈을 다 달라고 했다. 물건을 사가야 하는데 실수로 돈을 버스에다 두고 왔다는 것이었다. 물론 버스에 가서 돈을 돌려주겠노라고 했다.

난 아무 생각 없이 지니고 있던 현금을 모두 꺼내 아저씨에게 전해주고는 버스가 있다는 곳으로 향했다. 아저씨가 일러준 곳에 이르고서야 문제가 생겼음을 인지했다. 대기하고 있다는 버스는 없었다. 아무리 주변을 샅샅이 살펴봐도 버스는 물론 비슷한 것도 보이질 않았다. 갑자기 하늘이 노래졌다가 캄캄해지기를 반복했다. 도대체 어찌된 일인가?

다시 마장동 터미널로 돌아가 아저씨들을 찾았으나 코빼기도 보이질 않았다. 눈물 질질 짜면서 터미널 이곳저곳을 배회했다. 승차권을 구매해 버스를 타고 갈 걸 괜히 편히 가겠다는 요량에 사기 당했다고 자책했지만 지나간 버스였다. 어머니가 서울에는 눈 뜨고도 코를 베어가는 곳이니 항상 조심해야 한다고 했는데, 그때서야 무슨 말인지 이해가 갔다.

시간이 무던히도 흘러가면서 걱정과 초조함이 더해갔다. 이러다 시골도 못가보고 다시 짜장면집으로 돌아가야 하는 건가? 하는 극단적인 생각도 일면서 슬픔은 더해 갔다. 그러면서 귀성객 가운데 일면식이라도 있는 사람을 만나게 되길 기대하며 이리저리 둘러 봐도 단 한 사람도 만나질 못했다. 개똥도 약에 쓰려면 보이지 않는다더니, 그 말이 맞았다.

고민을 거듭하다 특유의 깡다구 전략으로 돌파하기로 했

다. 당시엔 승차권이 없으면 승강장으로 들어갈 수 없었기 때문에 버스를 탈 수 있는 방법을 달리 강구해야 했다. 터미널에서 나오는 버스를 막아 세우기로 했다. 다목리 가는 막차 버스가 막 터미널에서 나오는 것을 보자, 잽싸게 뛰어 버스를 가로 막았다. 버스기사 아저씨는 빵빵대며 화를 냈다.

잠시 후, 버스문이 열렸다. 안내양 누나가 놀란 눈으로 문 밖으로 나왔다. 왜 그러냐며 비켜달라고 했다. 난 시골을 가야 하는데 어떤 아저씨들한테 사기를 당해 승차권을 구매하지 못했다고 설명하면서 시골에 가서 버스비를 드릴 터이니 태워줄 것을 호소했다. 사정이 딱했다고 생각이 들었는지 태워주었다. 곡절 끝에 버스에 타고 나서야 마음이 놓였다.

그렇게 털털대며 달리기를 대여섯 시간, 얼추 집 근처에 다다랐다. 버스를 한 번 더 세워 놓고는 집으로 전속력으로 달려가 어머니에게 다짜고짜 버스비 640원을 내주실 것을 청했다. 어머니는 '자다가 무슨 봉창을 두드리냐?'는 반응이었다. 난 버스를 가리키며 먼저 버스비를 내주실 것을 청하자, 그때서야 상황을 파악한 어머니는 버스비를 내주셨다.

그렇게 버스비를 치르고 나서 어머니께 자세하게 상황을 설명하자, 역시나 어머니는 나의 어리석음을 한참 동안이나 질타하셨다. 단단히 혼났음에도 아직도 경각警覺이 부족한 탓인지 지금까지도 많은 문제를 야기하고 있다. 이 나이가 되어서도 편하게 마음 놓고 살 수 있는 아파트 한 채 장만하지 못하고 사는 것도 나의 이 팔랑개비가 한몫 하고 있다.

수원에서의 노가다

우여곡절 끝에 짜장면집에서 탈출한 이후, 한동안 빈둥대다 드디어 기술을 배우기로 작정하고 찾은 수원. 지금은 인구 120만 명의 거대 도시로 변모했지만, 1977년(?) 당시엔 크지도 작지도 않은 인구 20만 명(?)의 아담한 도시였다. 난 이곳에 도착하기 전, 사전 교섭으로 '먹여주고 재워주는 것'과는 별도로 '월급을 8천 원'씩 받기로 하고 왔다. 기술을 배우면서도 일정한 대우를 받을 수 있었다는 것을 감안하면 괜찮은 조건이었다.

청운의 꿈을 꾸면서 도착한 곳은 남수동의 '원흥전업사'라는 전기공사 전문 업체였다. 부모님 연배의 사장님 부부와 삼남매로 이루어진 나름 행복한 비둘기집으로 불린 집에서 나는 동거(?)에 들어갔다. 눈만 떴다하면 다투던 우리 집과는 가풍이 사뭇 달랐다. 작고한 선친처럼 이 댁 사장님도 빨간 두꺼비(진로)와 친하셔서 가끔 사모님과 야간에 무력시위(?)을 좀 하시긴 했지만, 우리 집과 비교하면 너무도 단란

한 가정이었다.

여하튼 청운의 꿈을 지니고 시작된 전업사에서의 생활은 내가 생각한 것과는 완전 딴판이었다. 전기기술을 배우는 게 아니라 속칭 노가다의 연속이었다. 기술자 아저씨들의 아바타일 뿐이었다. 그들의 지시는 절대적이었다. 지시를 어기거나 게을리 하면 뻰찌(펜치)나 드라이버, 스패너 등이 날아 다녔다. 어찌된 일인지 짜장면집과 공군부대, 전기공사 현장에 폭력이 난무했다. 얼마나 덜 얻어맞느냐에 따라 능력의 유무를 잴 정도였으니.

인권이라곤 개뿔도 없었다. 좌우간 전기기술을 배우는 과정에서 가장 힘들었던 건 배관(일종의 파이프를 콘크리트나 벽돌 속에 매입하는 일)을 위해 망치와 정을 들고 콘크리트 바닥이나 벽을 까는(파는) 일이었다. 근 일 년은 아저씨들이 지시하는 대로 벽만 깠다. 가끔 망치로 정이 아닌 팔등이나 손가락을 내리치면 아파죽는다고 펄펄 뛰었다. 고통스러워도 별수가 없었다. 기분 더러워도 참아야 했다. 자백(?)했으니 누구를 원망하랴!!

사실 망치로 얻어맞는 것보다 더 고통스러운 일은 따로 있었다. 좁은 공간에서 벽을 까면서 생기는 콘크리트 먼지가 그것이다. 때문에 벽을 깔 때는 주로 숨을 멈춘 상태에서 까다가 잠시 밖으로 피신했다가 다시 들어와 까다가 또 밖으로 나가는 것을 반복하게 되는 데 이게 여간 고역이 아니었다. 물론 그로부터 십여 년, 쾅-쾅-쾅 하는 고성과 함께 벽을 빠른 속도로 까내는 기계가 나타났지만, 먼지를 근본적으로 제거하지는 못했다.

요즘은 기능이 좋은 마스크들이 많다. 숨쉬기 힘들다고 벗어 대서 그렇지, 착용만 잘 하면 큰 문제없다. 하지만 먼지라는 놈을 완벽히 제거하지 못한다는 점에서 고통이 모두 사라진 건 아니다. 하여간 경력이 붙자 벽 까는 속도와 자빽(?) 하는 횟수도 줄어들었다. 그러면서 눈을 뜬 것이 기술자들의 행태였다. 힘든 일은 주로 신참들 몫이었고, 편한 일은 그들이 담당했다. 게다가 가장 힘들다는 벽 까는 일은 지시만 하면 땡이었다.

기술을 빨리 배워야 했다. 그래야 벽 까는 일에서 벗어날 수 있다고 믿었다. 하루가 다르게 욕구가 강해지면서 아저씨들에게 잘 보여서 인정을 받아야겠다는 생각이 들었다. 틈날 때마다 콘크리트와 땀으로 범벅된 얼굴로 "아저씨 기술 좀 가르쳐 주세요?" 했다. 이럴 때 "그래. 꼬마야 이건 이렇고, 저건 저렇게 하면 된단다."라고 하면 얼마나 좋았을까? 고작 한다는 소리들이 "야! 이게 어떤 기술인데 맨입으로 되냐?"를 반복했다.

기술자 아저씨들을 설득해야 했다. 이를 위해선 기술자 아저씨들에게 최대한 호의적으로 접근해야 했다. 묘책(?)이 필요했다. 물질(?)공세를 펴기로 했다. 월급을 받을 때마다 적금을 부었던 것을 깼다. 아저씨들한테 빵과 콜라 등으로 접근했다. 간식 때마다 사다 드렸다. 아저씨들은 드시면서 "야! 이 정도 가지고 기술 배울 생각하지 마라!"가 단골 멘트였다. 굴하지 않고 아저씨들의 마음이 동할 거라 믿고 주야장천 사다 바쳤다.

아저씨들의 심보는 대단했다. 날이 가고 달이 가도 기술을 가르쳐 주기는커녕 점점 더 맛있고, 비싼 것을 요구했다. 그래도 난 월급이 완전 동날 때까지 공을 들였다. 지성至誠이면 감천感天이라 했는데, 한참 후에 알았지만 그들은 사람들이 아니었다. 욕심이 가득한 '시름들'7)이었다. 끝내 그들로부터 전기기술을 끝내 전수받지는 못했다. 기필코 그들로부터 전기기술을 배우고 말겠다는 일념으로 시키는 대로 잘도 따랐건만 모두 허사였다.

풀이 많이 죽어지냈다. 그러던 어느 날, 남문이라는 곳의

---

7) '시름들'은 속칭 '개새끼들'을 에둘러 표현한 말이다.

'서점'이란 곳을 우연히 찾게 되었다. 머리털 나고 서점엔 처음이었다. 지금 미루어 보면 별 것도 아닌데, 어린 눈으로 봐서 그런지 눈부실 만큼 책이 많았다. 이 코너 저 코너를 둘러보는데 얼핏 『도해 전기공사』라는 책의 제목이 눈에 들어왔다. 주로 사진을 찍어서 보여주고 그 밑에 조금씩 설명을 해주는 방식의 책이었는데, 나는 순간 충격을 받아 숨이 멎는 줄 알았다.

그간 전기라는 놈이 어떻게 만들어져 가정까지 들어오게 되는 것인지, 그리고 어떻게 배선을 해서 불이 들어오게 되는 것인지 궁금한 게 참으로 많았는데, 일부이긴 하지만 그 책에 해답이 담겨 있었다. 광활한 사막에서 오아시스Oasis를 만난 기분이었다. 웃음이 절로 나왔다. 그 개나리들[8]한테 별 것도 아닌 것을 가지고 그토록 투자(?)했던 기억에 기가

8) '개나리들'은 속칭 '개새끼들'을 은유적으로 표현한 말이다.

찼다. 책을 구매하여 집으로 내달렸다. 특유의 깡다구로 밤새 읽어 버렸다.

다음날부터 아저씨들한테 묻지 않았다. 알아서 일을 처리했다. 그렇게 즐겁게 일해 본 적이 없다. 모르는 상태에서 지시만 따를 때는 항상 일이 버거웠는데, 알아서 자발적으로 움직이니 일이 힘들지 않을뿐 아니라 오히려 즐거웠다. 그렇게 시간이 얼마 지나지 않아 기술자로 불렸던 아저씨들로부터 인정을 받고, 시간이 좀 더 지나자 드디어 사장님으로부터도 인정받았다. 아주 짧은 시간 내에 그들이 말하는 기술자가 된 것이다.

지금으로 치면 고등학교 2학년 정도(?)의 나이였다. 이제 일하는 사람들을 대동하고 다니면서 지시하는 입장이 되었다. 어느 순간 벽 까는 일은 나이 많은 아저씨들 몫이 되었다. 책 덕분이었다. 모든 게 책에 들어 있었다. 그리고 새로운 기술을 더 많이 익히기 위해 틈만 나면 서점을 찾았다. 실력이 날로 향상되었음은 말할 것도 없다. 그러던 어느 날, 기술자로서 한계가 있음을 절감했다. 어느새 자격증을 요하는 시대가 된 것이다.

새로운 돌파구가 필요했다. 하지만 정규교육을 받지 못한 난 이 난관을 어떻게 극복해야 할지 난감했다. 먹고 사는 문제와 공부를 양립한다는 건 예나 지금이나 쉬운 일이 아니다. 그럴 듯한 모양새를 갖추고 적지 않은 사람들을 대동하고 다니면서 기술자 노릇을 해도 인정받지 못하는 이른바 돌팔이[9]로 살아갈 것인지? 아니면 '인정받는 기술자'로 살아갈 것인지? 그것이 문제였다. 부처님의 일체개고一切皆苦[10]라는 말이 떠올랐다.

9) 제대로 된 자격 없이 전문적인 일을 하는 사람을 속되게 이르는 말.

10) 인간이 무상(無常), 무아(無我)를 깨닫지 못하고 영생(永生)에 집착하여 온갖 고통에 빠져 있음을 뜻함.

도로 강원도?

명색이 전기 기술자로 생활하면서 이른바 돌팔이 소리를 들으면서 살아야 할지? 인정받는 기술자로 살아갈지? 갈림길에 섰다. 새로운 돌파구가 필요했다. 하지만 예나 지금이나 먹고 사는 문제와 공부를 겸한다는 건 말처럼 간단치 않다. 결단해야 했다. 일만 할 것인가? 공부만 할 것인가? 공부를 하고 싶은 마음이야 꿀떡(굴뚝) 같았지만, 결정적으로 그놈의 돈이 없었다.

뾰족한 수가 없는 만큼, 돈을 벌어 공부하기로 했다. 일정한 곡절 끝에 수원의 전업사 생활을 청산하고, 강원도 철원군 동송읍에 위치한 '남북전업사'라는 곳으로 가기로 했다. 수원의 '원흥전업사'에서 받는 월급의 세 배를 주겠다는 말에 혹해 나름 행복했던 '원흥전업사' 사장님 댁에서의 동거(?)가 깨진 것이다. 훗날 부모님 같은 사장님과 사모님께 많이 미안했다.

그렇게 수원에서의 전업사 생활을 종료하고, 강원도 철원

에서의 전기 기술자 생활이 시작되었다. 그곳에선 전기 기술자들을 통할하는 이른바 전공장으로 일했다. 10여 명에서 많게는 20여 명의 일꾼들을 대동하고 다녔는데, 작업반경이 넓어 이동하면서 겪는 고통이 대단했다. 남으로는 지금의 의정부시, 북으로는 김화읍(와수리)까지 그 범위가 실로 엄청났다.

게다가 수원에서완 다르게 외부 전기공사, 즉 전봇대(전주)를 세우고 고압 전선 가설, 변압기 등을 설치하는 건축물의 내부 전기공사 때와는 환경이 판이했다. 더구나 특별고압(22,900볼트)의 전기설비를 주로 다루다 보니 내부 전기(220볼트) 설비를 다루는 것보다 위험도가 훨씬 컸다. 실제로 감전사고로 장애인이 되거나 숨지는 사람들이 끊이지 않았다.

한순간도 긴장을 풀 수 없는 현장이 바로 외부 전기공사 현장이었다. 긴장하지 않으면 바로 사고로 이어져 장애인이 되거나 죽어 나갔다. 속된말로 극한의 노동환경을 가진 곳이었다. 첨단 안전장비를 갖추고 작업에 임하는 요즘도 안전사고가 끊이지 않고 있는데 더 말해 무엇 하랴. 그럼에도 초심初心을 중도에 바꿀 수는 없었다. 죽기 살기로 일할 수밖에.

여하튼 허구한 날 사람들을 대동하고 작은 건 보통 10미터, 긴 건 16미터짜리 전봇대를 당시 2.5톤 타이탄 트럭에 잔뜩 싣고 다니면서 일정한 간격(50미터)으로 구덩이를 파가면서 전봇대를 세웠다. 하루에 일정량이 정해져 있어 말 못할 어려움이 많았다. 비가 오거나 눈이 와도 어지간하면 강행했다. 땅이 얼어 있으면, 불을 놓아 녹여서 전봇대를 세우곤 했다.

전봇대 무게도 더럽게 무거워 힘들었다. 요즘이야 크레인이 장착된 자동차(천공기?)를 이용해 구덩이를 푹푹 파서 바로 세우지만, 그때만 해도 가지고 있는 건 힘밖에 없다 보니 오로지 삽과 곡괭이로 구덩이를 판 다음 떼거리(?)의

힘으로 세웠다. 아주 가끔이긴 하지만, 토질의 영향이나 잔머리를 굴리다 전봇대가 쓰러지기라도 하면 기운이 쭉 빠지곤 했다.

사실 일을 하다보면 난관은 있게 마련이다. 하지만 머리를 맞대면 대체로 풀린다. 문제는 구성원 간 불통이다. 노가다 판(?)이 다들 그렇지만 당시 전봇대를 세우고 설비를 직접 시공하는 기술자들과 일용으로 날품을 파는 사람들의 말투와 행태는 대단했다. 욕 베틀에 나가도 전혀 손색이 없을 만큼 심각한 사람들이 많았다. 이들 간 의견 충돌이 잦아 피곤했다.

특단의 조치가 필요했다. 그 억센 사람들을 제대로 부리기 위해선 나도 버금가는 이빨이 있음을 보여줘야 했다. 사실 난 강원도의 전업사로 옮기기 전 이미 '살아있는 욕의 화신'으로 불렸다. 욕의 수준도 수준이지만 몸집에 비해 깡다구가 워낙 센 덕분에 사람들은 나를 깔보지 못했다. 이런 나의 무식함(?)을 잠시 활용했다. 얼마 지나지 않아 완전 평정했다.

호언할 순 없지만 순탄했다. 성과를 많이 냈다. 회사의 외형이 크게 신장되었다. 호사다마好事多魔라고 했던가? 회사의 외형이 커지자, 사장님은 딴 짓을 하기 시작했다. 전기와 전혀 다른 사업체를 사들여 운영하는가 하면, 여자 문제까지 생기면서 회사의 사정은 급속히 나빠졌다. 임금이 체불되기 시작했다. 한 달, 두 달, 세 달, 직원들이 하나 둘 떠나갔다.

난 그 놈의 공부 때문에 참았다. 그런데 회사는 점점 수렁으로 빠졌다. 더 이상 버틸 수가 없었다. 정리하기로 했다. 그간 저축해 두었던 돈으로 공부하기로 했다. 짐을 싸서 서울로 올라왔다. 청계천의 명문 '서울공과학원'에 등록했다. 다소 월세가 싼 강서구 화곡동의 하이웨이 주유소 근처로 이사도 했다. 서울 생활이 다시 시작된 것이다.

서울!

아!! 서울~

오로지 공부만 하던 때도

많지는 않지만, 그간 저축해둔 돈으로 오로지 공부만 하기로 했다. 강원도 철원에서 보따리를 싸 서울로 올라온 난 당시 전기학원으로는 가장 유명했던 청계천에 위치한 '서울공과학원'에 등록했다. 먹고 잘 곳을 수배하다 월세가 비교적 저렴한 강서구 화곡동의 그 유명한 하이웨이 주유소 근처인 등촌동 '제일아파트'(재개발로 현재는 존재하지 않음) 나동 107호에 둥지를 틀었다.

1년 정도 계획하고 시작한 공부는 초기 고전을 면치 못했다. 그도 그럴 것이 국민학교 6학년 2학기 때 학업을 그만둔 이후, 제대로 된 공부라곤 해본 적이 없는 나로선 당연했다. 무슨 놈의 물리 공식이 그리도 많은지. 선생님들의 강의(전체 일곱 과목) 또한 알아듣질 못했다. 분명 한국 사람이 한국말로 하는 데, 뭔 말인지를 이해할 수 없다니, 한마디로 미치고 팔짝 뛸 일이었다.

며칠 지나지 않아 무식의 극치가 어디까지 도래할지 가늠

이 됐다. 돌파구를 찾아야 했다. 먼저 공부한 친구들의 도움을 받기로 했다. 오래전 기술자 아저씨들에게 빵과 콜라를 사다 드리며 접근했던 방식을 취했다. 홀아비 사정은 과부가 알아준다고 했나? 처지가 녹록치 않은 또래의 친구들은 과거 아저씨들이 기술을 가르쳐주지도 않고 요구만 했던 그런 '시름들'과는 차원이 달랐다.

그들은 내 사정을 잘 이해하여 매우 친절하게 일러주었다. 천군만마를 얻은 기분이었다. 하늘이 무너져도 솟아날 구멍이 있다는 말은 바로 이런 경우가 아닐까 생각했다. 그들이 나에겐 신으로 느껴졌다. 어떻게 그렇게 어려운 물리 공식들을 척척 이해하고 가르쳐줄 수 있단 말인가? 그들로부터 고개를 끄덕이며 배우는 나도 신기했지만 그들은 그냥 사람들이 아니었다. 신이었다.

어떤 지식을 습득한다는 건 형언할 수 없을 만큼 좋다. 예나 지금이나 같다. 여하튼 학원 선생님들이 강의하는 내용은 알아듣기 어려웠지만, 이 친구들은 나의 눈높이에 맞춰 얘기를 해주니 귀에 쏙쏙 들어왔다. 난 그들에게 깍듯이 예우했다. 이름은 다 잊어버렸지만 그때 그 친구들을 만나지 못했더라면 지금의 나도 없었을 것이란 생각이다. 그들로 인해 지적 호기심이 발동했으니.

좌우간 난 배움이 날로 늘어나면서 더욱 극진(?)하게 예우했다. 무엇에 한번 꽂히면 미치는 성품 탓에 속된 말로 학원 선생님들의 강의보다는 그들에게 올인 하다시피 했다. 그들 또한 성심을 다해 나를 도왔다. 그야말로 나에겐 일신우일신11) 하는 시기였다. 그런데 이게 웬 날벼락이란 말인가? 일 년 계획 하고 시작한 공부가 사 개월을 지나면서 학비와 생활비가 소진되어 가고 있었다.

계획대로 되지 않는 게 사람의 삶이란 건 오래전 터득했지만, 또 다시 시련의 그림자가 아른 거렸다. 일가친척 하나 없는 서울에서 마땅히 도움을 받을 만한 처지도 아닌 상황이라 가능한 밥 사는 걸 줄이고 아침과 저녁만으로 끼니를 이어갔다. 설상가상? 얼마 되지 않는 돈 가운데 밤손님께서 일부 가져가셨다. 1층 아파트에 살면서 문 열고 잔 게 화근이었다. '쿼바디스 도미네Quo Vadis Domine?'12)였다.

---

11) 탕왕의 반명(盤銘)에 이르기를, "진실로 날로 새롭거든, 나날이 새롭게 하고, 또 나날이 새롭게 하라"(『대학(大學)』, 전이장(傳二章) : 湯之盤銘曰, 苟日新, 日日新, 又日新.) 하였다.

12) "주여, 어디로 가시나이까?"라는 뜻으로, 이 말은 성경에 나오는 베드로의 말보다도 오히려 '쿼바디스'라는 영화나 소설로 더 유명해진 말이기도 하다. 베드로가 현실을 도피하기 위해 로마를 떠나갈 때 피하는 것이 아니라 현실로 들어가라는 '계시'에 되돌아와 죽음을 맞이하는 역사적 사실을 영화화했다. 영화의 원작인 소설 쿼바디스는 1896년 폴란드의 작가 헨리크 시엔키에비치(Henryk Sienkiewicz)에 의해 쓰여졌다. 노벨문학상 수상작이다.(기독일보, 2014.03.26)

얄궂게도 당시는 전기 기술자 자격증 시험을 아무나 볼 수 없었다. 일정한 제한이 있었다. 가령 고등학교를 졸업해야 기능사 시험을 볼 수 있는 자격이 주어졌고, 나처럼 사실상 무학력자는 1800시간을 학원에서 이수해야 기능사 시험을 볼 수 있었다. 때문에 6개월은 학원에서 버텨야만 했다. 하지만 하늘은 무심하기만 했다. 몸과 마음, 뜻을 고되게만 하고[13] 눈앞에서 사라진 것이다.

하늘은 더 시련이 필요하다고 느꼈던 모양이다. 공부를 더 이상 못하게 했다. 점심도 굶어가며 버텼는데 시험 볼 자격도 못 받고 서울을 떠나야 한다고 생각하니 눈물이 앞을 가렸다. 돈이란 게 대체 뭔지를 많이도 생각했다. 그럼 뭐하나? 예나 지금이나 돈 없어 하고 싶은 거 못하고 사는 건 똑같은데. 아마도 한울님[14]께서 날 설계할 때 까불지 말라고 재물을 멀리하게 한 모양이다.

---

13) 하늘이 장차 큰 임무를 사람에게 내리려 할 때는, 반드시 먼저 그 마음과 뜻을 고통스럽게 하고 그 힘줄과 뼈를 수고롭게 하며 그 몸과 살을 주리게 하며 그 몸을 비게 하고 모자라게 하여, 행함에 그 하는 바를 어그러지고 어지럽게 하니, 이것은 마음을 분발시키고 성질을 참게 하여 그 능하지 못한 바를 보충해 주고자 하는 것이다.(『맹자(孟子)』, 「고자하(告子下)」: 天將降大任於是人也, 必先苦其心志, 勞其筋骨, 餓其體膚, 空乏其身, 行拂亂其所爲, 所以動心忍性, 曾益其所不能.)

14) 최제우(崔濟愚)는 1860년 4월 5일 '한울님의 말씀'을 듣고 모든 사람들이 '한울님'을 위하며 살도록 하기 위해 동학(東學)을 창시하였다. 동학의 핵심은 시천주(侍天主) 사상이라고 할 수 있는데, 이는 천주(天主), 즉 한울님을 모시는 사상이다.

여하튼 지금과는 다르게 어려선 참 결단도 잘했다. 현실을 바로 바로 인정했다. 짐을 쌌다. 마침 국방의 의무를 져야 하는 나이가 되어 병무청에서 신체검사를 받았다. 1을종을 받았다. 현역을 갈 수 있는 신체였다. 하지만 국민학교 졸업자라는 이유로 보충역, 즉 '방위'로 판정받았다. 기분 더러웠다. 가끔 언급하지만 난 방위가 죽도록 싫었다. 이른바 '좆도 방위'라는 호칭 때문이다.

일 년여의 시간이 남았다. 어머니가 계시는 동네의 이웃 동네, 과거 짜장면집과는 정반대의 동네인 강원도 화천군 사내면의 '대신전기'라는 곳에서 일하기로 했다. 세상에 강원도와 서울 수원을 다람쥐 쳇바퀴 돌 듯 하다 어느새 세월 다 가버렸다. 여전히 돌팔이 전기 기술자 딱지를 면치 못한 것이다. 물론 사람들 눈엔 어엿한 기술자로 보였을 테지만 스스로에겐 마음이 편치 않았다.

자책할 때마다 이담에 보자며 혼자말로 위안했다. 기회가 되면 진짜 공부 열심히 해서 보란 듯 성공한 삶을 사리라 다짐하고 또 다짐했다. 누가 그랬던가? 젊어서는 눈 깜박임의 횟수, 즉 프레임 작동이 원활해 시간이 천천히 가는 것으로 느껴진다고. 그럼 난 어려서부터 늙었었단 말인가? 그때나 지금이나 시간 더럽게 잘 간다. 다 개가 풀 뜯어 먹는 소리지. 열심히 살 수밖에...

누가 그랬었나? 시간은 날 결코 기다려 주지 않고 쏜 살처럼 빨리 지나간다고? 눈 몇 번 깜빡였더니 한때 저주했던 문제의 그 공군부대로 입소하라는 소집명령서를 받았다. 다시 한 번 '쿼바디스 도미네'를 읊조리지 않을 수 없었다. 거기서 어떻게 14개월을 보낸단 말인가? 눈 한번 질끈 감으면 지나가는 세월이라지만, 체감온도 62도까지 경험한 난 끔찍한 곳이었다.

아! 대성산!!

아! 방위!! 어쩌란 말인가?

신검 결과, 1을종을 받은 내가 저학력(국민학교 졸업)자라는 이유로 방위로 판정받은 건 치욕 그 자체였다. 남들은 방위로 빠지는 걸 선호했지만 난 거꾸로 현역을 원했다. 이유는 간단했다. 이른바 '좆도방위'로 불리는 것이 마음에 내키지 않았기 때문이다. 게다가 십대 초중반 BX와 식당에서의 그 불쾌했던 경험을 가지고 있던 곳에서의 방위라니 정말 마음에 안 들었다. 하지만 어찌하랴. 속된 말로 돈도 빽도 없는 놈이 뭘 어찌 하겠는가? 듣기 싫어도 방위로 살 수밖에.

공군부대가 있는 대성산으로 올라가는 버스에 몸을 싣는 순간부터 쓸데없는 잡념이 생기기 시작했다. 공군부대가 얼마나 바뀌어 있을까? 그때 그 아저씨들은 아직도 있을까? BX와 식당은 또 어떻게 변했을까? 등등. 40여 분 남짓, 길지 않은 시간이었지만 산에 오르는 내내 복잡했다. 부대에 막상 당도해 보니 시설은 별로 달라진 게 없고, 극히 일부의 사람을 제외하고는 병사 대부분 모르는 사람들로 바뀌어 있었다. 그리고 좀 늙어서 그렇지 '린나'로 불리던 세퍼트도 건재했다.

방위가 되기 전 단계인 3주(?)간의 본격적인 군사훈련이 시작되었다. 강원도에 살면서 군인들이 훈련받는 모습을 많이 보아온 덕에 군사훈련이 그리 낯설진 않았다. 1983년 5월 입소한 우리 동기는 11명(?)이었다. 나를 제외하고는 대부분 고등학교나 대학을 중퇴하고 입소한 친구들이었다. 얼마 지나지 않아 각각의 특성들이 도출되었다. 이른바 고문관으로 불리는 녀석도 있고, 학교 다니면서 교련을 거친 녀석들도 있었으나 훈련받으면서 나타나는 행태는 천차만별이었다.

훈련은 머리와 육체로 익히는 두 가지로 나뉘어 있었다. 가령 '군인의 길'부터 각종 '군사장비의 제원', '북한의 전력' 등 머리로 익히는 것과 '제식훈련', '총검술', '태권도', '구보' 등 몸으로 익히는 것이 그것이다. 난 동기들 가운데 가장 훈련을 잘 받는 훈련병의 하나였다. 구보 빼고는 총검술, 태권도, 각종 이론서 외우는 것을 가장 빨리 익혔다. 고문관 몇 녀석 때문에 훈련 도중 PT라는 기합을 많이 받자, 교관의 특별 배려로 고문관들을 지도하는 촌극이 벌어지기도 했다.

하지만 빨리 익히는 것도 때론 부작용으로 나타나기도 했다. 나의 행태가 이른바 '잘난 척' 하는 것으로 비춰졌기 때문이다. 가끔 성질 더러운 조교에게 불려 나가면, 조교는 다짜고짜 "기차바퀴는 무엇으로 되어 있나?" 난 "쇠로 되어 있습니다." 조교는 "아니다. 기차 바퀴는 박달나무로 되어 있다." 물러서지 않고, "기차 바퀴는 분명 쇠로 되어 있습니다." "군대서는 까라면 깐다. 기차 바퀴도 박달나무라고 하면 박달나무다."라면서 사정없이 구타했다. 군대는 그런 곳이었다.

하여간 성질 더러운 조교들에게 가끔 불려가 말도 안 되는 이유로 워커발로 조인트(정강이 뼈)를 엄청 까였다. 그때 맞은 조인트가 지금도 손가락으로 주욱 문질러 보면 움푹움푹 들어간 곳이 만져진다. 양쪽 똑 같다. 그러나 교훈도 없지 않았다. 조인트 까일 때마다 '혼자만 잘났다고 까불면 안 된다'는 걸 그때 많이 느꼈다. 물론 아직도 중후하지 못하고 가끔 까불지만 그때를 생각하면 겸손해진다. 그 영향인가? 공동체에서 부족한 이들을 위해 더 챙기는 것을 잊지 않는다.

여하튼 여러 에피소드를 남기고 3주간의 군사훈련을 무사히 마쳤다. 훈련을 마치고 받은 나의 초기 보직은 취사병이었다. 하지만 이런 저런 특수한 면허증을 지니고 있다는 이유로 수송부로 배치받았다. 군대에 다녀온 사람들은 알겠지만 수송부 군기(?)는 예로부터 유명했다. 눈빛만 흐리멍덩해 보여도 군기가 빠졌다고 이른바 빳다(몽둥이)를 피할 수 없었다. 늘 긴장하지 않을 수 없었다. 당시 수송부에는 대대장 차인 지프를 포함 출퇴근 버스와 작업 트럭 등 모두 네 대가 있었다.

아무 일이 일어나지 않아도 매일 기름 넣고, 체크리스트에 맞춰 점검하기 바빴다. 게다가 작업차량 임대(?)해주고 출퇴근 버스 차량 청소까지 하다 보면 오줌 누러 갈 시간도 없었다. 또 지금처럼 부품 품질이 좋기라도 한가? 질이 개판인데다 비포장의 악산을 사륜구동으로 최대의 토크를 사용해야 오를 수 있는 산길들이다 보니 펑크도 더럽게 많이 났다. 재수 없을 땐 하루에도 서너 개씩 펑크가 났다. 지프는 누워서 떡먹기지만 버스나 트럭 등은 곡괭이질까지 해야 했다.

물론 거기서의 개고생으로 자동차 펑크 수리나 엔진, 미션 등을 자유자재로 분해와 조립할 수 있는 실력이 된 것은 살아가는데 큰 밑천이 되기도 했다. 실제로 훗날 자동차 정비사 자격증을 따는 데도 한몫 했다. 한편 당시 수송부에는 책임자(상사) 아래 차석(중사) 한 명(출퇴근 버스)과 운전병 두

명(작업트럭)이 있었지만, 모두들 현역이었다. 난 방위라는 신분에 가장 '쫄따구'라는 이유로 정비는 거의 내 몫이었다. 거기다 대대장(중령)의 운전기사로 출퇴근까지 책임져야 했다.

그런 환경적 요인 때문이었나? 수송부에서 생활하는 동안 스트레스가 많았다. 주어진 일도 버거웠지만, 방위라는 신분의 차별적 요소로 자존심이 말이 아니었다. 방위라고 불러주기는커녕 그들은 주로 '방우'라고 불렀다. 자격지심이겠지만 그 호칭을 들을 때마다 난 속에선 불이 났다. 마치 옛날 짜장면집에서 "야! 짱깨야"로 불릴 때처럼 기분이 아주 더러웠다. 그래도 별 수 없었다. 고분고분하지 않으면 현역들로부터 집단폭행을 당했기 때문에 감히 대항할 엄두를 못 냈다.

그렇게 날이 가고 달이 가면서 어느새 6개월이란 세월이 흘렀다. 수송부에서의 생활도 어느 정도 익숙해져 갔고, 매일 하는 정비도 점차 손에 익으면서 구성원들로부터 인정받기 시작했다. 그도 그럴 것이 네 대의 자동차를 거의 완벽하게 정비하고 있었으니 칭찬을 받지 않을 수 없었다. 그런 덕분인지 아주 가끔 영내營內에서 회식이 있을 때 특별히 초대되곤 했다. 또 대대장 차를 운전하다 보니 이런 영광(?)도 누릴 수 있었다. 회식자리엔 약간의 술과 고기가 있었다.

사실 난 선친이 빨간 두꺼비(진로)와 친해 요절하신 관계로 술을 입에도 대지 않고 살았다. 하지만 술이 필요할 때가 있었음을 그때 절감했다. 현역들의 편파적인 군복무(방위들 고통 심화)로 불만이 가슴 속에 늘 내재하고 있었다. 이런 회식 자리를 통해 문제를 개선해야겠다고 생각했다. 마침 자리가 마련되자, 술기운을 빌어 일일이 문제를 삼으며 군 복무들 똑바로 하라고 욕을 하기 시작했다. 입이 터지자, 주체를 못하고 속 시원하게 퍼부었다. 욕의 화신이 부활한 것이다.

다음날 출근하면서 동기들로부터 잘했다는 칭찬을 들었다. 으쓱해졌다. 하지만 유쾌, 상쾌, 통쾌는 오래가지 못했다. 곧 헌병대로 끌려가 속된 말로 좆나게 터졌다. “야, 이 새끼야! 똥방우 주제에 보이는 게 없냐? 죽으려고 환장했냐?” 등등의 말로 오전 내내 욕설과 헌병대의 그 유명한 방망이 세례를 받았다. 어찌나 많이 줘터지고 욕설을 당했던지 잘못했다고 싹싹 빌었다. 신의 소리가 들렸다. 대대장이 찾는다는 소리였다. 서약서 비스무리한 종이에 사인하고 풀려났다.

서약서 비스무리한 종이에 서명하고 풀려나긴 했지만, 뭔지 모를 억울함에 오기가 슬슬 발동했다. “개시끼들 두고 보자"는 생각이 들었다. 그렇게 두어 달이나 지났나? 역시 비슷한 회식자리에 또 끼게 되었다. 술기운이 슬슬 달아오르자, 이번에는 지난 번보다 더 크게 난리를 쳤다. 그러면서 이번엔 헌병대까지 찾아가 행패를 부렸다. "사람이 살면서 실수도 할 수 있는 건데, 어떻게 그렇게 사람을 무식하게 팰 수 있느냐."고 따졌다. 어찌된 일인지 그들은 나를 달래기만 했다.

그렇게 혼자 지랄발광하다가 아침에 출근하자 부대에 비상이 걸렸다. 어떻게 방위라는 놈이 저 난리를 치도록 놓아두냐는 것이었다. 이번엔 보안대로 끌려갔다. 보안대서는 욕설은커녕 구타도 없었다. 다만 네모난 책상에 올라가 모서리 부분의 작게 튀어 오른 곳에 무릎을 대고 꿇어 앉아 있으라고만 했다. 한 10분 정도면 되겠지? 하고 반듯하게 있었다. 한 시간이 흐르고 두 시간이 흘러도 내려오란 말이 없었다. 피가 통하지 않아 다리는 마비가 되었다. 고통이 극심해서 말도 못했다.

차라리 욕설을 듣고 줘터지는 게 낫겠다는 생각이 들었다. 별 생각을 다해도 보안대에서는 아무 말이 없었다. 밥 때가 한참 지났음에도 도통 말이 없었다. 정말 미치는 줄 알았다. 다리는 거의 마비상태로 한쪽 다리에 힘을 주다가 다른

쪽 다리로 번갈아 가면서 어떤 처분을 기다렸건만 묵묵부답이었다. 퇴근시간에 이르러서야 지난번처럼 서약서 비슷한 걸 한 장 쓰고 풀려났다. 이번엔 한 번 더 이런 일이 발생하면, 오산에 있는 본부로 이송하여 처벌한다는 내용이 들어 있었다.

술 마시고 지랄한 정도(?)에 비해 처벌의 강도는 너무도 컸다는 생각이 사라지지 않았다. 현역들의 분장된 의무는 제대로 수행하지도 않으면서 잘도 지내는데, 우리 방위들에게만 너무도 가혹하게 나온다는 생각에 이르자, 또 다시 쓸데없는 오기가 발동됐다. 게다가 두 번째 사건 이후로는 수송부의 현역들도 나를 부려먹기만 하면서 온갖 나쁜 소리만 해대자, 머리에 불이 붙을 지경이었다. 하지만 또 사고를 쳤다간 정말 영창 신세를 면치 못할 것 같아 잠시 휴전하기로 했다.

그렇게 참으면서 지냈다. 그러면서 현역들의 행태를 하나씩 기록하기 시작했다. 일종의 살생부(?)를 작성한 것이다. 문제가 발생한 건 제대(소집해제)를 일주일 정도 남겨놓고 벌어졌다. 제대할 때가 되었다고, 동기들 전체를 상대로 부대에서 회식을 시켜준다는 것이었다. 이번에는 영내가 아닌 영외營外에서 회식이 이뤄졌다. 역시 술기운이 오르자, 품고

있던 칼(살생부)을 꺼내 들었다. 살생부에 적어둔 이름들을 일일이 거명하면서 제대하고 나서 반드시 문제를 삼겠다고 경고했다.

화기애애했던 회식 자리는 급랭되었다. 곧 파하게 되었지만, 참여했던 간부들과 거명되었던 사람들은 하나같이 "내가 왜 그런 오해를 사게 되었는지 모르겠다."며 자신은 내가 주장하는 것과는 다르다며 부인하고 사라지기 시작했다. 분이 풀리지 않았지만, 다들 사라지고 없는 곳에서 더 떠들어 봐야 소용없었다. 다음날 아침, 아무 일도 없던 것처럼 출근했다. 또 부대에 비상이 걸렸다. 이번엔 정말 오산으로 보내야 한다는 말이 돌았다. 일주일 남았는데, 말이 아니었다.

다들 내가 영창을 가는 것으로 생각했다. 난 설마 제대 '일주일 남겨두고 영창을 보내기야 하겠어?'라는 긍정적인 생각과 '저 시끼들은 날 보낼 수도 있다'는 부정적인 생각이 마구 교차했다. 시간이 지나면서 될 대로 되라는 심경으로 기다렸다. 대대장이 조용히 불렀다. 자신이 책임지고 문제를 해결할 테니 살생부의 내용을 알려달라고 했다. 그리고 조용히 제대할 준비를 하라고 했다. 일주일 후, 곡절 끝에 14개월 대장정의 의무를 마쳤다. 드디어 제대(소집해제)를 한 것이다.

1년 2개월, 물리적으론 매우 짧은 기간이었지만 얼마나 고통이 심했던지 제대하고도 10여 년 동안 종종 꿈에 "아직 두 달 남았으니 다시 올라오라."는 담당자의 말에 소스라치게 놀라 잠에서 깬 적이 한두 번이 아니다. 특히 겨울에 눈이 엄청 내려 개고생을 한 건 별로 떠오르지 않고 현역들 간의 갈등했던 일만 새록새록 떠오르는 걸 보면, 관계關係가 얼마나 중요한지를 새삼 느낀다. 하여간 제대를 하기 무섭게 보따리를 쌌다.

이번엔 경기도 화성으로 향했다.

화성군 남양에서의 전기기사 생활, 하나

1983년 5월 10일 입소해서 1984년 7월 9일, 정확히 14개월 복무를 마치기 무섭게 보따리를 쌌다. 향한 곳은 경기도 화성군 남양면의 우주전업사. 숙식 제공과 월급을 25만 원씩 받기로 하고 갔다. 당시 9급 공무원 봉급이 10만 원 조금 넘었으니, 9급 공무원의 두 배 정도. 지금으로 치면 월 300만 원쯤 받기로 한 것이다. 하지만 사장님 내외와 기사라곤 딸랑 혼자였다. 하나부터 열까지 거의 모든 일을 혼자서 처리해야 했으니, 노동환경은 말할 것이 없었다.

지금이야 화성시 남양읍을 가려면 왕복 4차선으로 잘 포장된 도로를 달릴 수 있지만, 1984년 당시만 해도 매송면 51사단 입구까지만 포장되어 있었다. 남양 한번 가려면 비포장도로를 근 한 시간은 털털대고 달려야 도착했다. 속된 말로 강원도 산골과 별반 차이가 없었다. 더구나 험로인 데다 전기공사의 작업 반경 또한 넓어 이동하며 겪는 고통이 심하기 이를 데 없었다. 서쪽으로 바닷가에 위치한 서신면, 동으로는 매송면까지 그 범위 또한 실로 대단했다.

늘 자동차에 각종 장비와 재료들을 싣고 다니면서 작업을 하다, 오토바이라는 제한된 운송수단에 의지해 공사를 하러 다니려니 여간 힘든 게 아니었다. 그것도 거의가 비포장도로를 달려야만 했으니, 상황은 더욱 말이 아니었다. 가령 남양에서 배전함 두어 개를 싣고 송산면(사강)과 서신면의 현장을 찾아 작업하고 돌아오게 되는 경우, 길에서만 최소 3~4시간을 허비하는 일이 다반사였다. 본질인 전기공사를 하는 것보다 때론 이동하다 녹초가 되곤 했다.

마침 주민들의 소득수준이 향상됨에 따라 도시에서 시골로 이동하는 수요가 폭발적으로 늘어났다. 몇 년 지나지 않아 IBRD(국제부흥개발은행) 차관으로 수원에서 서신까지 왕복 2차선으로 포장됐다. 이때 전기공사 수요도 덩달아 늘어났다. 자동차 한 대를 구입했다. 작업환경이 많이 호전됐다. 하지만 여전히 거의 모든 작업은 1인 체제였다.

따라서 노동 환경은 개선되었다고 볼 수 없었다. 아니 업무의 양이 늘었다는 점에서 보면 오히려 악화된 셈이다. 하지만, 전기공사의 질, 즉 내용을 놓고 보면 단순했다. 일반 건축의 내부 전기시설 공사와 논농사에 필요한 각종 배전시설, 고장난 전기모터(펌프) 수리 등 과거 전봇대(전주)를 세우고 가설하는 것과는 비교가 안 되었다. 거의 모든 일을 혼자 해결해야 한다는 것이 고충이라면 고충이었다. 물론 홀로 감당이 되지 않을 땐 전업사 사장님도 동원하고 일용으로 날품을 파는 사람들도 활용했다. 그러나 이 또한 사사건건 고민해야 하는 자체는 피할 수 없었다.

늘 고민하는 지점이지만, 일이란 게 힘들어도 타개할 수 있는 방법은 있다. 하지만 사람들 간의 갈등은 쉽게 해소되지 않는다. 이 집 사장님 댁에 2남 2녀가 있었다. 어릴 적 나와 비슷한 꼴통 한 놈 있었다. 첫날 밤부터 내 주머니에서 거금(?)을 훔쳐간 간 큰 놈이다. 꼴통은 꼴통을 알아본다고, 다음 날 아침 그 녀석을 내 방으로 끌고 들어가 "네 이놈, 감히 내 주머니에 손을 대." 하자, 바로 이실직고를 하지 않아 그날부터 내 주먹세례를 면치 못한 놈이었다.

그 녀석과의 갈등은 오래갔다. 잘 다니던 학교에서 갑자기 사라지는가 하면, 사람 만들어 보겠다고 틈날 때마다 공사 현장을 대동시키면, 현장에서 바로 도망치는 일이 비일비재했다. 관심이 특효약이라고 생각하고 보살펴도 소용없었다. 약발이 먹히지 않았다. 그렇게 지지고 볶던 어느 날, 새로운 갈등이 도래했다. 동네 건달(?)들과의 갈등이 시작된 것이다. 사장 댁 꼴통 하나도 버거운데, 해병대 출신이라는 껄렁이 몇 놈이 노려보며 시비를 걸어왔다.

예비군 훈련 받을 때 특히 심했다. 강원도의 이른바 '좆도 방위' 출신이지만, 감히 나를 깔보다니. 이 시끼들 언제 한판 붙길 기대하며 기회를 엿봤다. 여기서 잠시, 전기공사를 위해선 항상 손에 공구들이 붙어 다닌다. 가령 뻰찌나 드라이버, 스패너 등은 기본이다. 이런 공구가 늘 몸에 가까이 있다 보니 어지간한 건달들은 전기공사하는 사람들에 한해선 조심했다. 각종 공구들이 무기였기 때문이다. 이런 정서를 모르는 동네 건달들이 날 대충 본 것이다.

어느 날, 키가 180센티미터는 됨직한 녀석이 시비를 걸어왔다. 자기네 동네에 와서 돈을 벌어먹으려면 신고를 해야 하는데, 건방지게 왜 신고를 안 하냐는 것이 골자였다. 여기서 다시 한 번, 난 사회생활을 일찍 한 연유로 사람들과 좀 더 편한 관계를 위해 이른바 '고무줄 나이(?)'를 사용했다. 후일 공직자로 변신한 이후부터 본 나이인 1962년 범띠로 돌아왔지만 당시엔 1958년 개띠로 표방하고 생활했다. 좌우간 그때 시비를 걸어온 녀석도 1958년 개띠 정도의 나이였다.

평소 벼르고 있어선지 입씨름이 바로 이어졌다. 제법 거

칠게 큰소리가 오고가던 중 말로 안 되겠다 싶었는지, 녀석이 갑자기 내 멱살을 쥐어 잡는 게 아닌가? 난 말로 하지 왜 멱살을 잡고 지랄이냐며, 좋은 말로 할 때 놓으라고 했다. 녀석은 힘이 장사였다. 힘으론 도저히 당해낼 재간이 없음을 직감했다. 개똥도 약에 쓰려면 없다더니 늘 지니고 다니던 공구 하나가 없었다. 하지만 나에겐 강한 손가락이 있었다. 셋을 헤아릴 동안 멱살을 놓으라고 통첩했다.

녀석은 어디 한번 해보라고 더욱 나의 목을 죄어왔다. "하나, 둘, 셋!"을 마치기 무섭게 손가락은 녀석의 눈을 향했다. 녀석도 해병대 출신답게 얼굴을 우측으로 잽싸게 돌렸다. 다행인지 불행인지 녀석의 귓구멍에 내 손가락이 닿아 있었다. 녀석은 "억!" 하면서 귀를 감쌌다. 풀린 나의 멱살, 특기인 두 다리를 잡아끌어 넘어뜨려 제압했다. 얼굴을 주먹으로 가격했다. 항복을 받아냈다. 사건(?) 이후, 친구가 됐다. 조기축구회에 들어오라고 해서 가입도 했다.

화성군 남양에서의 전기기사 생활, 둘

건달(?)들과 그렇게 일종의 신고식을 치루고 난 이후, 남양이라는 곳에서의 삶은 순조롭게 항해하는 듯했다. 하지만 수원에서 서신까지 포장도로가 생기자, 물류뿐 아니라 전기공사 업체들 간의 경쟁도 치열해졌다. 공사비용도 출혈이 불가피했다. 마치 육지와 섬을 연결하는 연륙교連陸橋를 건설하고 나면 섬마을의 경제가 오히려 침체되는 경우와 비슷했다.

설상가상雪上加霜, 전기공사업체 면허를 불법으로 임대해 공사하는 업체들도 난립하기 시작했다. 판이 이상하게 변질되자, 불법 부당경쟁이 심화되었다. 면허업체들 간의 경쟁도 어려운 형국인데, 일명 무면허 업자들이 면허를 빌려 사업하는 행태가 늘다 보니 문제가 심각해졌다. 무면허업자를 고발하는 사례가 속출했다. 그때 우리도 피해를 면할 수 없었다.

어느 날, 남양에 주소를 둔 '우주전업사'가 수원시 세류동의 한 건축물에 대한 전기공사를 수주했다. 남양에서 수원까지의 거리가 만만치 않은 관계로 간혹 수원에 사는 기술자들에게 일을 맡긴 것이 화근이었다. 수원의 전기공사 업체들이 우리가 불법으로 면허를 대여했다며 경기도에 고발한 것이다. 경기도에서는 명확한 사실 확인없이 면허를 취소해 버렸다.

경기도의 행위를 용납할 수 없었다. 즉각 변호사를 선임하여 소송했다. 하지만 우리 맘과는 달리 법적 대응은 지지부진하기 이를 데 없었다. 도중에 법원의 중재가 들어왔다. 경기도가 면허를 취소한 것은 정황상으로 타당한 근거가 있다. 하지만 소송 당사자의 경우도 억울한 측면이 분명 존재하는 만큼, 새로운 면허를 발급해주는 선에서 정리하자는 것이었다.

지금과는 다르게 과거엔 공공기관을 상대로 소송해 승소하기란 마치 '계란으로 바위치기'라는 말이 들릴 때였다. 우리 측 변호사도 이 정도에서 수용하는 게 좋겠다고 했다. 지리한 법적 공방은 일단락되었다. 그렇게 해서 만들어진 게 나의 호號를 따서 만든 '승영전기昇永電氣'였다. 곡절 끝에 새로운 전기공사 면허업체(경기도 769호)로 재출발하게 된 것이다.

기쁨도 잠시, 공사업체들의 포화로 별도의 사업모델을 찾기로 했다. 도로가 포장됨으로써 교통량만 증가하는 게 아닌 주거를 위해 도시인들의 유입도 증가하는 것에 착안, 이른바 LPG(액화석유가스) 판매업을 하기로 했다. 이를 위해선 고압가스 자격증이 필요했다. 학력제한 없는 인천시 부평에 위치한 '한국직업훈련원' 고압가스과정 4개월 코스에 입학했다.

자격증이 없다면 허가를 받을 수 없는 만큼, 반드시 자격증을 따야 하는 기로에 섰다. 그러나 과거 전기공사 자격증을 따기 위해 홀로 학원비와 생활비를 부담해야 하던 때와는 상황이 달랐다. 전업사에서 학비와 생활비 전액을 보전해 주었기 때문이다. 그럼에도 속된 말로 죽기 살기로 공부했다. 처음으로 아무 걱정 없이 공부하니 그렇게 좋을 수가 없었다.

행운의 여신은 존재했다. 4개월 과정을 다 채우기도 전에 고압가스 기계와 화학, 냉동시험에 합격했다. 고압가스 판매업에 꼭 필요한 기계의 경우, 2천여 명 가운데 1~2차 시험 모두를 통과한 사람은 단 두 명에 불과했다. 나도 놀라고 훈련원의 모든 사람들도 놀랐다. 지금은 하찮은 자격증이 되었지만 거기서 공부의 맥, 즉 요要와 령領 잡는 법을 터득했다.

그로부터 몇 달 뒤 그토록 갖고 싶었던 전기 자격증도 취득했다. 자격증과 면허증 사냥하는 맛을 들이자 일 년에 서너 개씩 땄다. 지금이야 쓸모없는 것들이지만, 완전 무용지물은 아니었다. 쓸모없던 자격증 덕에 기능직 공무원이 될 수 있었고, 기능직이던 신분을 일반직으로 세탁(?)할 수 있었던 것도 그 쓸모없던 자격증 덕분이었다. 세상 참 알다가도 모를 일이다.

자격증을 예상 기일에 앞서 취득함으로써 '승영가스昇永GAS'를 예정대로 오픈할 수 있었다. 하지만 남양에는 이미 '남양가스'가 자리 잡고 있었다. 때문에 경쟁을 해야만 했다. 다행히 가스 사용세대가 폭발적으로 늘어나면서 자연스럽게 고객은 양분되어 갈등은 별로 없었다. 후일, '승영가스'가 서비스 정신을 강화한 덕분(?)에 고객의 양과 질은 비교가 안 됐다.

그렇게 '전기공사업'과 '가스판매업'을 동시에 운영하면서 그럭저럭 먹고 살만은 했다. 날이 가고 달이 갔다. 한 군데 오래 정착하지 못하는 역마살을 지니고 태어났는지 더 이상 재미를 느끼지 못했다. 전기와 가스 일을 잠시 접고 골재를 전문으로 운반하는 덤프차 회사에 취업했다. 고작 다섯 대밖에 안 되는 영세 업체였지만, 덤프트럭의 기사로 변신한 것이다.

에이, CBNA[15]야! 항복이다

전기와 가스 일을 잠시 접고 골재를 전문으로 운반하는 덤프차 회사에 취업했다. 고작 다섯 대밖에 안 되는 영세 업체였지만, 대형 덤프트럭의 기사가 된 것이다. 운전을 직업으로 삼아본 적이 없는 사람이 갑자기 덤프트럭을 운전한다고 하니 지인들은 놀라는 표정들이었다. 하지만 울산의 현대자동차를 직접 찾아 덤프차를 인수받아 운전을 시작한 희한한 케이스다.

차주는 당시 잘 나가던 원우건설(한때 재계 순위 100위권)의 창업자 동생이었다. 그는 골재를 각 레미콘 회사에 납품하기 위해 회사를 설립했다. 보다 정확하게 말하면, 그는 형님 건설회사의 인맥을 통해 소위 땅 짚고 헤엄치는 회사를 설립한 것이다. 하여간 규모는 비록 덤프트럭 다섯 대에 불과했지만, 신도시 붐이 막 일기 시작된 것을 고려하면 성장 가

15) 속칭 '씨발놈아'의 영어 이니셜로, 욕을 에둘러 표현한 것이다.

능성은 대단했다.

당시 골재를 납품하는 곳은 주로 군포시의 동양레미콘과 안양시의 현대산업개발 등이었다. 석산石山이 있는 남양 북양리에서 군포나 안양을 한번 다녀오는데 통상 두 시간이 소요됐다. 하루 다섯 번 왕복하면 분주하게 움직여도 10시간을 운전해야 했다. 그러나 험로가 포함된 도로를 2시간에 맞추기 위해선 신호를 무시하는 것은 말할 것도 없고 과속도 부지기수로 해야 했다.

자동차의 펑크 또한 다반사였다. 펑크 수리나 점심식사 등을 고려하면 하루 12시간에서 어떤 때는 14시간씩 운전을 해야 했다. 하루 최소 다섯 번씩은 골재를 운반해야 하는 게 당시 일과였다. 때문에 운전기사들은 하루 다섯 번, 제발 무사하게 운행할 수 있기를 기원했다. 소·대형 불문, 덤프차 내에 '오늘도 무사히'라는 문구가 적힌 달력을 하나씩은 다 비치하고 다녔을 정도다.

사실 노동의 강도가 아무리 크다 한들 역지사지하면 접점을 찾을 수 있다. 하지만 구성원들 간의 갈등은 쉽게 사라지지 않는다. 이는 조직사회라면 흔한 일이다. 골재를 운반하는 회사도 조직사회라고 갈등은 존재했다. 운전기사 다섯 명 가운데 한 녀석이 새벽부터 일어나 이른바 한탕(왕복 1회)

을 더 뛰는 것이었다. 네 명은 하루 다섯 탕을 뛰는데 이 녀석만 여섯 탕을 뛰는 것이었다.

당연히 차주인 사장은 그 녀석을 좋아했음은 말할 것도 없다. 그 녀석을 제외한 모든 운전기사들이 문제를 삼았다. 현재 다섯 탕도 버거운데 여섯 탕씩 뛰게 되면 노동 강도가 지나쳐 결국 사고의 구렁텅이로 떨어질 수밖에 없다고 경계한 것이다. 하지만 그 녀석은 마이동풍馬耳東風, 우이독경牛耳讀經이었다. 눈 가리고 귀 닫고 살지 못하는 성정이다 보니 내가 또 나섰다.

초기엔 쥚잖게 타일렀다. '그대 한 사람으로 인해 다수의 기사들이 갈등을 겪는 건 바람직한 일이 아니다. 까불지 말고 하루 다섯 탕만 뛰라'고 간언하듯 했다. 역시 한 번 닫힌 귀는 어찌할 수 없는 법. 말을 무시하고 계속 여섯 탕씩 뛰는 게 아닌가? 드디어 뚜껑이 열리고[16] 말았다. 주먹맛을 보여주기로 했다. 사람들이 보이지 않는 석산에서 멀리 떨어진 곳으로 끌고 갔다.

후미진 곳에 이르자, 다짜고짜 "당장 여섯 탕에서 다섯 탕으로 줄이지 않으면 가만두지 않겠다."고 선전포고를 했다.

16) '뚜껑이 열리다'라는 말은, 기(氣)가 머리 한쪽으로 몰려 기분이 매우 나쁘다는 나만의 속어(俗語).

녀석은 바짝 얼어 내 말에 순응할 줄 알았는데, 역으로 "난 앞으로도 계속 여섯 탕씩 뛸 것이니 맘대로 해봐."라는 게 아닌가? 난 "이 개시끼가 말귀를 못 알아먹네." 하면서 그 녀석의 멱살을 잡았다. 그러자 그 녀석도 나의 멱살을 잡았다. 멱살 싸움이 시작됐다.

사실 난 녀석의 기를 꺾기 위함이었지, 그 자리에서 바로 주먹질을 위한 것은 아니었다. 본래 생각은 녀석을 눕혀 놓고 패는 것이었다. 그런데 이상하게 그 녀석이 나의 멱살을 잡자, 뭔가 기운이 달리 느껴졌다. 힘이 장사였던 것이다. 그래도 사나이가 거기까지 끌고 갔으면 뭔가 보여줘야 한다는 생각에 녀석을 제압하기 위해 안간힘을 쓰다 내가 오히려 깔리고 말았다.

녀석의 신장이라야 170센티미터 70킬로그램 정도의 평범한 신체의 소유자였는데 얼마나 장사壯士였던지 한번 아래로 깔리자, 내 힘으론 도저히 빠져 나갈 수 없다는 판단이 들었다. 녀석이 나를 주먹으로 얼굴을 내리치려는 순간, 나도 모르게 "에이 CBNA[17)]야 항복이다 개시끼야!"라는 말이 나오고 말았다. 순간이지만 이 녀석과 힘으로 해서는 승산

17) 속칭 '씨발놈아'의 영어 이니셜로, 상대의 기를 꺾고자 한 욕이 아닌, 일종의 비겁한 상태에서의 욕을 에둘러 표현한 것이다.

이 없다는 생각이 든 것이다.

일단 현장에서 빨리 벗어나야겠다는 일념으로 "일어나 개시끼야." 했다. 힘은 부족해도 입은 여전히 살아 있었다. 사안이 사안인 만큼 녀석도 독이 바짝 올라있을 법한데, 이 녀석은 나를 주먹으로 내리치기는커녕 내 말에 벌떡 일어나 옷을 훌훌 터는 게 아닌가? 의아했지만 싸움은 그렇게 싱겁게 끝나고 말았다. 혼을 내주려고 끌고 갔는데 오히려 혼을 당한 것이다.

한동안 무지하게 쪽팔리고 속상했다. 힘으론 그 녀석을 당할 재간이 없다는 걸 인지한 난 전략을 전면 수정키로 했다. 말로 하기로 했다. 녀석을 식당에서 만나거나 덤프차끼리 상호 교차할 때마다 수인사가 아닌 욕으로 대신했다. 그 녀석을 만날 때마다 속된 말로 "에이 CBRT[18]야!! 다섯 탕만 뛰어~ 이 개시끼야!!" 했다. 만날 때마다 악을 쓰면서 난리를 친 것이다.

지랄도 하루이틀이지, 지속되자 그 녀석도 더 이상은 듣기 싫었는지 결국 기조를 바꾸었다. 하루 다섯 탕만 뛴 것이다. 결과적으로 전략은 주효했고 뜻은 관철되었다. 그런 해프닝이 있은 후 한동안 잠잠했다. 그러던 어느 날, 역마살이 또 돋았다. 가장 난해한 자동차 운전을 해보기로 했다. 트레일러였다. 덤프트럭 운전을 과감히 포기하고 서울의 서초구 화물터미널로 향했다.

18) 속칭 '씨부랑탕'의 영어 이니셜로, 욕을 에둘러 표현한 것이다.

덤프차 운전 때의 사건

대형 덤프트럭 기사가 되어 한창 날라 다닐 때다. 남양에서 군포나 안양까지 다섯 탕을 소화하려면 보통 12시간은 족히 걸렸다. 가령 새벽 6시부터 골재를 싣고 운전하기 시작해 별 사고가 없으면 보통 저녁 6시면 일과를 종료한다. 하지만 7시에 일과를 시작하면 러시아워 시간에 걸리고 어쩌고 하면 저녁 8시 어떤 때는 9시에 일과를 마쳤다. 때문에 가급적 새벽 4시 반에 기상해서 준비하고 석산石山에 도착하면 보통 5시 반. 이런 저런 준비 작업을 마치면 보통 6시가 되곤 했다.

그러나 이런 일상적인 경우가 아닐 때도 더러 있었다. 군포나 안양의 레미콘 공장에 마지막 탕을 마치고 집으로 덤프트럭을 가져갔다가 출근할 때 트럭을 끌고 가곤 했다. 난 당시 화성군 매송면 천천리의 삼미아파트에 살았다. 아파트 앞 공터가 넓어 가끔 덤프트럭 주차장으로 활용했다. 많은 사람들이 알고 있듯 덤프트럭은 보통 바퀴가 열 개나 된다. 당시는 비포장도로가 많다 보니 펑크가 더럽게 많이 났다.

재수 좋으면 한 번도 없이 지나가지만 옴 붙으면 서너 방씩 났다.

펑크가 얼마나 자주 나는지 당시 덤프차 기사들은 조그만 손 망치를 운전석 옆에 하나씩 비치하고 틈날 때마다 덤프차를 세워, 망치로 때리면서 검사를 했다. 망치로 타이어를 두드려 팡팡 튀면 규정 공기압이 유지되고 있는 것으로 펑크가 나지 않은 것이고, 약간이라도 푹푹한 느낌이 들면 백발백중 펑크였다. 하지만 시간이 지나자 망치로 점검하는 것도 귀찮아 덤프를 번쩍 들어 놓고 직접 발로 밟아가며 검사를 했다. 펑크 난 타이어는 밟는 즉시 느낌이 달리 왔기 때문이다.

여하튼 사고 치던 그날도 여느 때처럼 새벽에 일어나 덤프차 시동을 걸어 워밍업을 시키면서 타이어의 이상 유무, 즉 펑크 검사를 했다. 항상 그렇지만 발로 밟아가며 검사할 때 제발 멀쩡하길 기원하며 점검했다. 다행히 정상이라는 느낌이 오자, 배시시 미소를 짓고 출발했다. 그런데 평상과 달리 마주 오는 차들이 헤드라이트를 하이빔, 로우빔을 번갈아 가며 신호를 주는 게 아닌가. 어떤 이는 손가락으로 날 찌르듯 하며 라이트를 올렸다 내렸다를 반복했다. 난 '왜 저러지?' 했다.

삼미아파트에서 51사단 앞 도로를 지날 때까지 전혀 감을 잡지 못했다. 무의식으로 가끔 백미러를 통해 뒤쪽을 보면, 번개가 치듯 번쩍번쩍하는 빛이 보였지만 어떤 의심도 못했다. 그저 "왜 멀쩡한 날 번개가 치고 지랄이냐! 비가 오려나!"를 혼자말로 중얼댈 뿐이었다. 매송면에 들어서자 가로등 불빛이 들어오면서 덤프가 들려진 것을 인식했다. 순간 소스라치게 놀랐다. 덤프를 재빨리 내렸다. 하지만 그간 지나오면서 낮게 설치된 전기 줄이란 전기 줄은 다 끊어진 이후였다.

어이쿠! 이를 어찌한다!! 후회해봐야 지나간 버스였다. 그러면서 순간이지만 삼미아파트에서 매송면까지 오는 과정에서 마주오던 차들이 하나같이 라이트를 올렸다 내렸다를 왜 반복했는지를 알게 됐다. 무식하면 약이 없다는 말이 정확히 들어맞았다. 그간 들려진 덤프가 낮게 가설된 전선을 끊으면서 동시에 합선合線되어 번쩍번쩍했던 것도 그때서야 인식한 것이다. 심장소리가 고동鼓動처럼 심하게 쿵쾅댔다. 줄잡아 십여 개 이상의 전기 줄을 끊고 지나오지 않았나 싶었다.

한전에 신고할까 말까 망설였다. "에이! 다 아는 사람들인데, 저 정도 고생 좀 하면 어때." 하면서 지나쳐 버렸다. 남양

북양리의 석산에 가서 골재를 싣고 매송면을 지나가며 사고 친 현장을 봤다. 한전의 기술자 친구들이 줄줄이 전봇대(전주)에 올라 수리하고 있는 모습들이 보이자 굉장히 미안했다. 언젠가 이실직고하겠다고 했지만 차일피일 미뤄지면서 결국 숙유宿遺가 되고 말았다. 물질적인 피해야 별로 크지 않았지만, 미안함은 아직도 가슴 속 한 켠을 차지하고 있다.

지금이야 덤프차를 생산단계부터 그런 어처구니없는 사고가 일어나지 않도록 각종 경고 장치를 부수적으로 설치하지만, 당시만 해도 운전기사들이 정신을 바짝 차리지 않으면 이런 사고가 날 수밖에 없었다. 내가 사고친 지 얼마 지나지 않아 서울의 올림픽 대로에서 똑 같은 사고가 났다. 나처럼 덤프를 들고 올림픽대로를 질주하다 지하도 입구 상판에 걸려 옴짝달싹 못하고 끼는 사고가 난 것이다. 기사는 그 자리에서 숨지고 뒤따르던 차들도 줄줄이 사탕처럼 추돌한 것이다.

운전을 직업으로 하는 일은 고통의 정도가 남다르다. 특히 덤프트럭은 말도 못하게 사고가 잦은 차량이라는 점에서 더하다. 덤프를 들어 놓고 안전장치를 잊고 작업하다 덤프가 갑자기 내려와 깔려 죽는 사고, 내리막길에 주차시켜 두었다가 에어가 빠진 것(브레이크 작동 안 됨)을 모르고 시동

걸었다 속수무책 내달려 일어나는 사고 등 덤프트럭과 관련된 사건과 사고는 헤아릴 수도 없이 많다. 또 운전하면서 힘든 것 가운데 하나는 역시 소·대변 등 생리현상을 빼놓을 수 없다.

소변은 남자라는 특성을 고려하면 상대적으로 괜찮았다. 문제는 대변이었다. 평소엔 괜찮다가 꼭 차가 더럽게 밀릴 때 배가 아파오는 경우가 많았다. 적당히 참을 만큼 참다가 석산이나 레미콘 공장에 당도하면 화장실로 내달려 해결했지만, 중간에서 급하게 아파오면 누가 보든 말든 길가에 차를 세우고, 재빨리 덤프트럭 칸으로 넘어가 똥(?)을 싸곤 했다. 여하튼 생리현상도 고충이었지만, 기억에 남는 건 역시 덤프를 번쩍 들고 운전하다 전기 줄을 끊은 사건을 잊을 수 없다.

운전, 아무나 하는 게 아니다

팔자에 프로그램이 되어 있었나 보다. 어느 날, 대형 덤프트럭 운전을 하다 보니 이왕 하는 거 가장 힘들고 근사하다(?)고 알려진 화물차를 끌어보고 싶었다. 후다닥 보따리를 싸 서울 서초의 화물터미널 근처 '자연통운'이라는 물류회사에 취업했다. 이십여 대의 크고 작은 트럭을 보유한 나름 중견(?) 회사였다. 난 트레일러 가운데 가장 운전하기 난해한 것으로 이름난 이른바 풀카fullcar(대형 카고 트럭에 또 하나의 트럭이 붙어 있음)라는 화물운송 전용 트럭을 배정받았다.

지금과는 다르게 1980년대 말엔 비행기에 기장과 부기장이 있듯, 화물차도 운전수(일명 사수)와 조수가 있었다. 난 풀카 경험이 전무하다는 이유로 조수로 배정되었다. 조수의 역할은 사수의 사소한 심부름부터 화물차 정비, 보조 기사 등을 하는 것이었다. 내 사수는 나와 연배는 비슷했지만 화물차 운전 경력은 더럽게 많은 이른바 베테랑이었다. 담배가 손에서 떨어지는 시간이 없는데다가 술도 무진장 처

마시는 놈(지금은 거의 사라졌지만 당시엔 음주운전이 다반사였음) 이었다.

우리 팀(?)의 주요 운전 코스는 서초 화물터미널에서 수출용 컨테이너를 싣고 부산항에 내려주고, 거기서 운 좋으면 화물을 바로 싣고 올라오는 것이고, 운이 사나우면 포항으로 가서 철강을 싣고 서울과 수도권의 여기저기 공단 거래처에 운반하는 것이었다. 코스는 비교적 단순했다. 보통 한탕(왕복 1회)을 하는데 3일 정도가 소요됐다. 거의 길거리에서 생활했다. 회사 차원의 운이 없으면 우리에겐 운 좋은 날이었다. 화물이 잡히지 않으면 여관에 투숙할 수 있었기 때문이다.

항상 고민되는 지점이지만, 여기서도 가장 힘들었던 건 역시 사수와의 갈등이었다. 사수는 천성인지 게으른데다가 지저분하기 이를 데 없는 녀석이었다. 밥을 먹고 이를 닦는 건 연중행사처럼 보였고, 가끔 휴게소에 들리면 커피와 담배, 술이나 가까이 하지, 제대로 된 세면 한번 하는 법이 없는 녀석이었다. 게다가 수면을 취할 수 있도록 설치된 곳(운전하는 공간 바로 뒤에 마련)의 침구寢具는 약간 과장하면 이蝨[19]가 댓 말은 나올 법했다. 게다가 발 냄새도 장난이 아니었다.

발 냄새 얘기가 나와서 하는 말이지만, 녀석은 잠자는 것도 아주 고약한 놈이다. 보통 침구에서 잠을 청하게 되면, 머리 쪽엔 머리를 두고 발은 발쪽으로 향하게 되는데, 이 녀석은 이런 기본적인 매너도 없는 놈이었다. 지가 꼴리는 대로 잠을 청하는 한마디로 개시끼였다. 어쩌다 나도 졸려 잠시 눈을 붙이기라도 할라치면 그 놈의 발고랑내(발 냄새) 때문에 도저히 잠을 이루지 못할 정도였다. 그럼에도 녀석은 뭐가 문제냐는 듯이 잠꼬대(?)까지 하면서 자는 괴짜 중에 괴짜였다.

사실 이 정도는 애교로 봐줄 수도 있는 일이다. 눈 딱 감고 귀 막고 코 막으면 되는 일이었다. 문제는 화물을 운송하는 과정이었다. 당시 화물트럭의 적정량은 앞의 트럭 화물칸과 뒤의 화물칸을 모두 합하면 25톤이었다. 그런데 화물을 실었다 하면 보통 40톤, 많게는 52톤까지 실었다. 과적 운행을 밥 먹듯 했다. 화주도 차주도 돈이 된다는 생각에 위법 행위를 마구 저질렀다. 또 과적하는 횟수가 많아야 이에 비례해서 받는 수당제도(?)도 악순환을 반복케 하는 기제였다.

과적으로 인한 도로 파손은 말할 것도 없지만, 더 큰 문제

19) '슬(蝨)'이라 불리는 '이'는 곤충의 일종으로 포유류에 기생하며 흡혈을 한다. 과거엔 많았으나 요즘엔 보기 쉽지 않다.

는 교통사고로 인한 인명 손실이다. 25톤 자동차면 부품들이 모두 그에 맞게 설계되는 법인데, 이를 무시하고 화물을 적재하니 사고는 불가피했다. 뭔가 이상을 느껴 급히 브레이크를 밟아도 '정지거리'를 초과하는 일이 비일비재했다. 간혹 달리던 승용차가 신호 바뀌었다고 생각 없이 급브레이크를 밟았다가 과적 화물차에 덮쳐 희생당했다는 슬픈 사연들은 모두 이와 같은 경우다. 과적차량이 저승사자로 불리는 이유다.

이뿐만이 아니다. 서울에서 출발할 때 보통 연료비 외에 1일 5만 원 정도의 일비를 별도로 지급 받았다. 사수는 연료비를 아껴야 한다(?)는 이유로 내리막에선 거의 기어를 중립으로 놓고 달렸다. 순전히 가속도를 이용(서울서 부산까지 운전하면 하루 5천 원 정도의 연료비 절감, 물론 사수의 용돈으로 쓰임)한 것이다. 졸도지경이 한두 번이 아니다. 갑자기 끼어드는 차나 급정지하는 차들을 만나면 두 다리가 순식간에 땀으로 범벅된다. 대형사고 한번 없던 것은 거의 기적에 가깝다.

워낙 호기심이 많은 데다, 과도한 역마살(?)로 인해 풀카운전까지 하게 되었지만 생명의 위협을 지속적으로 느끼면서까지 계속할 수는 없었다. 사수에게 잔소리가 이어지기 시작했다. 내리막에서는 엔진브레이크를 적절히 활용하길 주문했고, 과적 또한 장기적으론 모두가 망하는 일인 만큼, 적정량의 화물만 싣고 다니자고 제안(?)했다. 사수는 이렇게 운전하기 시작한 게 어제 오늘 일이 아닌데다 지금까지 큰 일이 없었다면서, 수정할 이유나 필요를 느끼지 못한다고 일축했다.

이 녀석도 우이독경이었다. 차악次惡을 택하기로 했다. 그간 번갈아 가며 운전하던 것을 내가 주로 운전을 했다. 녀석은 조수석의 의자를 반쯤 뒤로 눕혀 거의 쉬면서 지내게 했다. 난 거의 준법운전 비슷하게 했다. 안전이 최고라고 여겼기 때문이다. 하지만 나의 이런 기조는 오래가지 못했다. 탕수가 확연이 줄어들자, 회사에서는 매출 손실로 보기 시작한 것이다. 사수가 다시 운전대를 잡는 시간이 많아졌다. 나와는 또 다시 원초적인 갈등이 비롯되었음은 말할 것도 없다.

나의 성정性情도 만만치 않기는 그 녀석의 게으름과 지속적인 더러움(?)에 비견되었다. 계속 잔소리를 해댔다. 그래도 가시적인 개선은 없었다. 그렇게 지지고 볶으면서 지내던 어느 날, 의왕시의 한 거래처인 LP가스 용기 제조공장(신성공업?)에서 '지게차 운전기사'를 뽑는다는 소식이었다. 과거 가스판매업을 했던 경험 때문인지 '가스통'이 어떻게 제작되는지 궁금했다. 이력서를 제출했다. 합격했다. '자연통운'에서의 인연(?)은 그렇게 마무리 되고 의왕으로 출근하기 시작했다.

무지하게 쪽팔렸던 지게차 운전

그 놈의 호기심과 일명 '개폼'을 잡고 싶은 마음으로부터 비롯된 대형 덤프트럭 운전, 이왕이면 가장 힘들고 난해하기로 이름난 차를 끌어보겠다며 풀카fullcar까지 경험했다. 하지만 운전은 아무나 하는 것이 아니라는 것을 한참이나 뒤에 깨달았다. 나도 모르게 출구전략을 모색했던 모양이다. 장고 끝에 악수(?)라고, 과거 가스판매업을 했던 경험 때문인지, 'LPG 용기' 제작이 급 땡겼다. 마침 거래처였던 의왕시의 한 가스통 제조회사(신성공업?)에 '지게차 기사'로 취업했다.

돌이켜 보면, 이 또한 호기심과 개폼의 또 다른 형태의 하나였다. 회사의 규모는 150여 명이 일하는 전형적인 중소기업이었다. 가스용기 제작을 위해선 철판 다루는 일이 기본이었다. 지게차는 필수였다. 크고 작은 지게차 3대가 있었다. 그러나 지게차 면허를 가진 사람은 달랑 혼자였다. 관청엔 1대만 신고하고 실제론 3대를 운행했다. 지게차도 법적으론 '중장비重裝備'로 분류되었기 때문에 면허소지자를 반드시 채용해야만 했다. 지금이야 흔한 면허지만 당시에는 귀했다.

출근 첫날, 사장님으로부터 회사의 간단한 설명을 듣고 현장으로 배치됐다. 그러면서 면허소지자란 이유로 지게차를 능숙하게 다루는 직원을 조수(?)로 붙여주었다. 지게차의 임무는 다양했다. 용기 제작의 특성상 원자재인 철판을 풀카나 트레일러에서 하철하여 공정에 맞춰서 이곳저곳으로 신속하게 옮겨주는 게 주요 일과였다. 초기엔 조수와 공장장의 배려(?)로 지게차의 동선이 어떻게 되는지 익히는 데만 시간을 보냈다. 코딱지(?) 만한 공장임에도 공정은 더럽게 복잡했다.

그간 덤프트럭에 골재를 싣고 레미콘 공장에 도착하면 정해진 장소에 덤프를 들면 땡(끝)이었고, 컨테이너나 철강을 운반할 때도 일정 장소에 도착하면 알아서 지게차가 달려와 화물을 말끔하게 처리해 주던 것과는 상황이 딴판이었다. 트레일러가 공장에 들어오면 지게차가 잽싸게 붙어 철판을 내려야 하는 입장이 된 것이다. 그런데 그간 지게차가 엄청나게 빠른 속도로 철판을 내려주던 일이 간단한 작업이 아니라는 것을 알았다. 고도로 숙련된 리프트 관[20]이 필요했던 것이다.

면허증 소지자라는 이유로 조수로부터 간단한 교육(?)만 받고 철판을 내리다 땅바닥으로 와르르 내동댕이쳐진 적이 있다. 인명피해는 없었지만 회사에선 심각하게 봤다. 철판을 제자리로 운반(수습)하려다 보니 많은 사람들이 사고(?)친 현장을 찾아 힘을 거들어야 했다. 회사에서는 손실로 여겼다. 시간만 넉넉하면 정확히 처리할 수 있다고 보였지만, 시간이 돈이자 경쟁력인 회사에선 결코 기다려주지 않았다. 트레일러에 실려 온 철판을 10~15분이면 뚝딱 해치워야만 했다.

사고 친 이후, 조수가 기사를 하고 난 사실상 조수 역할을 했다. 5일이 지나고 10일이 지나도 조수를 따라 잡을 수 없었다. 아니 흉내도 내지 못했다. 더구나 조수뿐 아니라 공장의 노동자들 어지간한 사람들은 다들 지게차를 능숙하게 다루었다. 조수를 포함해 다들 면허증만 없을뿐이지, 실제론 지게차를 자유자재로 조종하는 베테랑들이었다. 대안이 없었다. 기가 빠져 조수만 따라 다녔다. 지게차의 기본적인 정비는 말할 것도 없고 기름 넣어주는 일조차 모두 내가 했다.

20) 리프트(lift)는 화물을 올리거나 내릴 때 쓰는 장치로 지게차의 핵심이라 할 수 있다. 이 리프트를 얼마나 자유자재로 조작하느냐에 따라 능력이 결정된다.

사실 그런 것 말고 달리 할 수 있는 일이라곤 개뿔도 없었다. 그렇게 보름은 그냥 흘러갔다. 조금씩 동선이 들어왔다. 철판을 다루는 요령도 생겼다. 하지만 회사에서 기대하는 수준엔 한참 모자랐다. 철판을 내리고 올리는 것 정도는 나름 능숙해졌지만 철판을 리프트에 올려놓고 공장 내부 이곳저곳을 활발하게 움직이는 단계까지는 한두 해로도 부족해 보였다. 갈등하기 시작했다. 괜히 왔다는 생각이 강하게 일었다. 명색이 면허를 가지고 취업했는데, 스타일이 말이 아니었다.

폼생폼사라고, 밥값도 못한다고 생각하니 미치고 팔짝 뛸 일이었다. 게다가 직원들이 "아니, 면허증 있는 사람 맞느냐?"고 물어올 땐 얼굴을 들 수가 없었다. 쪽팔린 적이 한두 번이 아니다. 사실 지게차 면허를 딸 때 1차 시험(필기)은 기존에 가지고 있던 실력으로 패스하고, 2차 시험(실기)은 달랑 30분 연습하고 취득했다. 실전에 약할 수밖에 없는 건 당연했다. 이런 내막을 모르는 사람들 입장에선, '면허증 소지자는 당연히 실력이 뛰어날 것(?)'이라는 관념이 강했던 듯했다.

마음의 상처가 이만저만이 아니었다. 과거 이른바 '돌팔이 전기 기술자'로 살 때가 생각났다. 실제 자격증 소지자는 실전에서 약하다는 것을 생각해낸 것이다. 인정하기로 했다. 실전이 약한 것은 당연하다고 생각하고 현장경험을 계속 늘려가기로 다짐했다. 속상한 마음을 내색하지 않으면서 최대한 조수를 보필하면서 경험을 쌓아 갔다. 그러던 어느 날, 조수는 어떤 이유에선지 퇴사해 버렸다. 하루아침에 스승(?)을 잃은 난 충격을 받았다. 앞으로 어떻게 해야 하나? 고민되었다.

회사에선 방법이 없다고 했다. 알아서 처리하란다. 하늘이 노래졌다. 불안한 마음이 그득했지만 묘책이 없었다. 맡을 수밖에 없었다. 철판을 내리고 올리는 데는 능숙했지만, 여전히 공장 내부를 휘젓고 다니기엔 역부족이었다. 조심조심 하다 보니 공정에 차질이 빚어졌다. 궁여지책으로 회사에선 지게차를 잘 다루는 한사람을 선정하여 지게차 운전만 하도록 조치했다. 채용공고를 냈으니 직원이 충원될 때까지 나에겐 '대타 지게차 기사'가 하던 일을 좀 해달라는 제안을 해왔다.

졸지에 자리가 바뀔 판이었다. 하지만 거부할 수 없었다. 그간 제대로 지게차 운전을 못해 이런 사달이 난 만큼, 미안한 마음에 승낙하고 말았다. 그렇게 'LPG 용기'를 직접 제작하는 노동자가 되었다. 철판을 옮기는 일부터 용기형태로 둥글게 마는 일, 용접하는 일, 페인팅 하는 일, 밸브 설치하는 일 등 제작공정에 따라 조수역할을 했다. 하지만 날이 가고 달이 가도 충원되는 직원은 없었다. 이상했다. 이러다 가스통 만드는 노동자로 지속하는 건 아닐까? 슬슬 불안해졌다.

사람들이 수군대는 것도 고개를 갸우뚱하게 했다. 이름만 걸어둔 지게차 기사라고. 당장 사장님에게 달려갔다. 돌직구(상대방의 기분을 생각하지 않고, 생각이나 느낌을 바로 말하는 것)가 날아왔다. 그대로 있는 게 생산성이 높으니 현장에 있으란다. 속된말로 역할을 제대로 못하니 현장에서 일하고, 지게차 운전에 능숙한 이는 그에 맞게 일하는 게 회사에 도움이 된다나. 순간 뒤통수에 벼락을 맞은 느낌이었다. 그간 미안했던 마음이 싹 사라졌다. 거부했다. 사고발생 시, 책임져야 하는 것도 싫었지만, 나의 자존심이 허락을 하지 않았기 때문이다.

그간 가장 난해하다는 풀카를 가지고 전국을 누비던 내가 그깟 지게차 운전 경험이 미천하여 현장 노동자로 대체된다는 건 도저히 받아들일 수 없는 일이었다. 과감하게 그만두기로 했다. 하지만 취업해서 회사에 누累를 끼친 것 같아 그간 받았던 월급을 고스란히 돌려줬다. 마음이 불편했기 때문이다. 출·퇴근하면서 봤던 '레커(견인차) 기사 모집' 현수막이 떠올랐다. 전화를 걸었다. 면허증만 있으면 바로 채용하겠단다. 지게차 기사에서 레커차 기사로 변신(?)하는 순간이었다.

레커(견인차) 운전, 이건 아니잖아?

그 놈의 과도한 호기심과 개폼을 잡으려다 대형 화물차와 LP가스 용기 제조 공장의 지게차 기사 생활은 득보다 실이 훨씬 컸다. 개 눈엔 똥만 보인다고 출구전략으로 삼은 게 의왕시의 '의왕레커'였다. 면허증만 있다면 언제든 콜이라는 말에 '놀면 뭐하냐'는 생각으로 바로 취업했다. 사실 면허증은 오래전에 따두었지만, 이 또한 지게차처럼 레커 경력이라곤 개뿔도 없었다. 레커차 회사가 소규모이긴 하나 숙련될 때까지 조수 역할을 해야 한다고 일러줬다. 당연히 배워야 한다는 마음으로 주저 없이 오케이 했다.

초기, 기사가 일러주는 대로 이런저런 기능을 익혔다. 재미 있었다. 뭔가 배운다는 건 역시 예나 지금이나 즐거운 일이다. 특히 면허증을 딸 때와는 달리 현장에서 이루어지는 생동감을 직접 체험할 수 있다는 건 큰 자산이란 점에서 좋았다. 하지만 눈만 뜨면 출근해서 사고현장 만을 배회하거나 순회하는 것은 마뜩잖았다. 초를 다퉈가며 생명을 살리거나 재산 손실을 감소시킬 수 있다는 간접적인 역할은 분명 위안이 되는 일이지만 본질적으론 사고가 일어나기만 기다리면서 시간을 보낸다는 건 영 내키지 않았다.

일반적으론 택시들로부터 사고 소식을 접했다. 지금이야 구조가 많이 달라졌지만, 당시엔 택시가 사고 현장을 발견하는 즉시 레커회사에 알려준다. 포상금 형식으로 오만 원씩 지급했기 때문이다. 물론 알려준 회사의 레커차가 정비공장에 이송시켰을 경우에 한해서다. 가령 사고 신고를 접수받은 레커회사는 즉각 무전기로 각 레커차 기사들에게 사고현장으로 출동할 것을 지시한다. 이때 기사들은 반 미친 놈들처럼 사고현장으로 향한다. 신호위반은 말할 것도 없고 속도위반도 다반사다. 그야말로 죽기 살기로 달린다.

현장에 먼저 도착해야 견적이 보다 많이 나올 법한 차량을 선택할 수 있는 기회를 잡을 수 있다. 레커차가 사고차량 꽁무니에 먼저 대는 놈이 그 차를 정비공장에 이송할 수 있는 권한이 주어지기 때문이다. 일종의 상도덕으로 레커차 업계에서는 불문율이다. 요즘이야 차주들이 원하는 공장으로 가겠다고 극구 주장하면 그에 따를 수밖에 없지만 당시로선 정비공장과 레커차 회사 간의 암묵적인 컨센서스(합의)가 있어 차주도 어찌 할 도리가 없었다. 물론 일정시간이 지나 자동차 수리를 마치고 나면 바가지는 불가피했다.

당시 택시기사가 레커차 회사에 사고현장을 알려주면 레커차 회사에서는 알려준 기사에게 건당 오만 원씩을 지급했고, 레커차는 자동차 정비공장으로부터 이 돈을 보전받는 구조였다. 당연히 정비공장에서는 자동차를 수리하면서 들어간 돈보다 훨씬 많은 견적(?)을 통해 소비자에게 청구하는 것이다. 장담할 순 없지만, 일부에선 이런 관행이 남아 있지 않을까 싶다. 좌우간 택시기사가 됐든 경찰로부터 신고가 접수됐든 이런 과정을 통해 현장을 찾아 정비공장으로 차량을 이송해주면 갈등은 많이 줄어들 것이다.

비나 눈이 오면 사고가 빈발하여 걱정할 게 없다. 이때는 레커를 총동원해도 일손이 부족할 정도로 분주하다. 문제는 사고가 일어나지 않을 때다. 이른바 '사고다발지역'을 수시로 배회해야 한다는 점이었다. 어떤 때는 종일 사고가 나기만을 기다리는 경우도 있었다. 한 곳에 머무르는 것도 지겨워 군포의 동양레미콘 삼거리에서 두어 시간 죽치다 아무 소식 없으면 수원 쪽 지지대 고개 정상으로 이동하여 또 두어 시간 보내다 소식 없으면 안양 쪽으로 배회하는 일 등이 도대체 할 짓이 아니란 생각이 들었다.

레커차의 속성상 누군가는 반드시 그런 일을 해야만 하는 것이지만, 내 정서와는 달라도 너무 달랐다. 며칠 지나지도 않았는데 회의감이 들기 시작했다. 여기도 내가 있을 곳이 못되는구나 하는 생각이 맴돌았다. 하지만 이왕 들어온 거 한 달은 채워보자는 생각으로 지냈다. 그러던 어느 날, 지인으로부터 사기詐欺를 당하는 일이 벌어졌다. 나의 팔랑개비가 또 문제였다. 수원시 세류동의 방 한 칸짜리에서 두 칸짜리 전세(?)로 옮겨가기 위해 부동산에 알아보지도 않고 지인의 말만 믿고 돈을 건넨 게 화근이었다.

그간 사람의 말을 믿고 당한 일이 한두 번이 아닌데, 또 당한 것이다. 그 놈의 부동산 복비(수수료) 좀 아껴보겠다고 했다가 거금(?)을 날린 것이다. 이 개시끼 눈앞에 나타나기만 해봐라. 입을 찢어 버리겠다고 성토하며 눈을 부릅뜨고 찾았지만 코빼기도 보이지 않았다. 한동안 멍때리며 지냈다. 레커차 운전을 더 이상 할 수 없었다. 결국 한 달을 채우지 못했다. 월급도 받지 못했다. 면목이 없어 요구하지도 않았다. 다시 화성의 남양으로 향했다. 전기공사 기사일과 가스 판매업에 종사하면서 재기를 도모했다.

그러던 어느 날, 속에서 불이 나서 살 수가 없었다. 법法을 몰라 당했다는 생각에 견딜 수가 없었다. 법을 공부해야겠다는 생각이 들었다. '권리 위에 잠자는 자는 보호하지 않는다'는 민법의 법언에서도 일러주듯 모르면 당한다는 것을 확실히 인식했다. 뭐 공부를 하고서도 이놈의 팔랑개비 때문에 지금도 당하고 사는 것을 돌이켜 보면, 상책이 되지는 못했지만. 그럼에도 당시엔 법을 공부하면 적어도 당하지는 않을 것으로 판단했다. 오래지 않아 부동산과 관련된 법을 공부하기로 작정하고 노량진으로 향했다.

지금도 노량진에는 학원가로 유명하지만 당시엔 각종 행정고시학원과 입시학원들이 즐비했다. 난 부동산 학원으론 최고로 알려진 '제일고시학원'에 등록했다. 사실인지 모르겠으나 당시 학원장은 부동산 학원을 차려 2백 억 원을 벌었다는 소문이 날 정도로 명성이 자자했다. 마침 부동산 중개업법(?)이 개정되어 '공인중개사'라는 타이틀로 제도가 바뀐지 얼마 안 되었다. 그래서인가? 부동산 투자에 관심들이 굉장했다. 부동산 열풍이 아닌 광풍이 불기 시작했다.

1989년 가을, 노량진의 고시원 생활이 시작됐다.

노량진에서 공부를 하게 될 줄이야

1989년 가을 노량진, 내가 고시원 생활을 하리라곤 꿈에도 생각 못했다. 어찌하랴? 팔자가 그리도 더러운 걸. 누가 성질 급한 놈 아니랄까봐 부동산 학원으론 당대 제일(?)간다는 '제일고시학원'에 등록하기 무섭게 교재 여섯 권을 후다닥 구매하여 기거할 고시원으로 내달렸다. 말이 고시원이지, 책상 하나에 몸 하나 겨우 누일 정도로 좁디좁은 방 한 칸짜리였다.

속된 말로 코딱지(?) 만했다. 하지만 방이 크고 작은 건 별 문제가 되지 않았다. 누워 잘 수 있다는 게 어딘가? 짐 정리할 것도 별로 없지만 대충 정리하고 교재부터 훑기 시작했다. 읽어갈수록 눈의 초점이 흐려졌다. 흐리멍덩해지더니 급기야는 하늘이 노래졌다. 분명 한국어로 쓰여 있는데 도무지 이해할 수 없는 글들로 가득했다. 한마디로 암호 수준이었다.

"에이 CBRT!!"[21]라는 말이 절로 나왔다. 그 많은 교재 내용들 가운데 내가 알고 있는 게 아무 것도 없다니 한심하기 짝이 없었다. 나이에 비해 일찍 세상을 알기 시작했다는 내가 도대체가 이해할 수 없는 글들만 가득하다니 환장할 일이었다. 과거 전기자격증을 따기 위해 청계천의 서울공과학원에서 물리공식을 배우다가 망연자실한 때와 비슷한 심정이었다.

노량진에 올라온 지 며칠 되지도 않아 바로 보따리를 쌀 수도 없고, 난감했다. 원래 머리라고는 아둔하기 짝이 없는 놈이었으니, 문리를 모르는 건 당연하고 만약 알게 된다면 얼마나 좋겠냐는 심정으로 맨땅에 헤딩하기로 했다. 절망에서 희망으로 상황을 반전시키기 위해서는 개념 정리가 필요했다.

부담을 최소화하기 위해 아무 생각 없이 분위기 파악하는 데 주력했다. 그래도 그렇지, 공부한 지 보름이 지나도 들어오는 건 개뿔도 없었다. 선생들이 열강을 해도 들리지 않았다. CBR[22]이 저절로 나왔다. 이러다 정말 돈과 시간만 날리는 건 아닌지? 슬슬 불안해지기 시작했다. 상황이 이상하게

21) 속칭 '씨부랑탕'의 영어 이니셜로, 마음이 편치 않음을 에둘러 표현한 것이다.

22) 속칭 '씨부랄'의 영어 이니셜로, 자책하는 마음을 에둘러 표현한 것이다.

전개됐다. 시계불알처럼 학원과 고시원만 왔다 갔다 한 꼴이었다.

누가 그랬나? 구두 만드는 곳에 다녀오면 가죽 냄새를 풍긴다고. 그간 아무 생각 없이 다녔다고 생각했는데, 갑자기 선생들의 강의가 귀에 들어오기 시작했다. 암호 같았던 말들이 풀리다니 그저 놀라웠다. 흥미와 취미를 초월하면 재미滋味[23]가 된다더니 틀린 말이 아니었다. 부동산학개론, 민법총칙, 계약법, 세법, 부동산공법 등의 개념들이 재미있기 시작했다.

불이 붙자, 전체 강의 내용이 파죽지세로 정리됐다. 암호 같던 내용들이 어느 날 아침 일이관지一以貫之[24] 된 것이다. 궁해 변화를 도모하면 통한다더니,[25] 세 달이 채 되지 않았다. 대체 어떤 이유에서인지 단정할 순 없지만, 법을 공부하고부터는 고압선에 감전된 것처럼 굉장한 충격을 받았다. 세상이 어떻게 생겨먹었는지, 어떻게 움직이는지 알게 된

23) 우리 말의 재미는 자미에서 온 말이다.

24) "자신의 도는 하나로 꿰뚫었다.(『논어(論語)』, 「이인(里仁)」: 吾道, 一以貫之.)"는 공자의 말에서 비롯되었다. 즉 학문의 근본은 일이관지(一以貫之), 즉 '일관해야 한다는 것'이 그의 의도다.

25) 『주역(周易)』에 "궁하면 변화를 도모하고 변하면 통하며 통하면 오래간다."(窮則變, 變則通, 通則久.)는 말이 있다.

것이다.

한동안 춤을 덩실덩실 추듯 기뻤다. "아! 세상은 이렇게 만들어져, 저렇게 움직여 가는구나."를 중얼거렸다. 어이상실(?) 했는지 동문수학한 사람들을 가르치기 시작했다. 세미나 형식으로 이루어졌는데 적지 않은 사람들이 모여들었다. 그럼에도 초기의 목표는 이룬 만큼, 하산(?)하고자 했다. 부동산에 관해선 적어도 사기詐欺를 당하진 않겠다는 판단에서다.

하지만 이놈의 팔랑개비가 또 반란을 일으켰다. 하산할 수 없도록 발목을 잡고 나선 것이다. 공인중개사를 따서 개업하면 '큰돈을 벌 수 있다'는 소리에 그만 홀라당 넘어간 것이다.

난 사람들에게 부동산 관련법을 강의해주면서 한편으론 법학지식을 좀 더 강화하고 싶은 강한 욕구가 일어 헌법과 민법, 형법, 경제원론, 주택정책론, 토지정책론 등을 공부했다.

어찌된 일인지 공부를 하면 할수록 세상이 어떻게 움직이는지 더 잘 보였다. 평소 불면증이 심해 잠을 이루지 못했는데, 오히려 공부를 많이 할 수 있는 시간이 되었다는 점에서 좋기도 했다. 좌우간 새로운 세상 공부를 하면서 공인중개사 시험 날짜만 손꼽아 기다렸다. 허걱! 웬 날벼락? 연말에 예정된 시험이 연기되었다는 소식이 뉴스를 통해 흘러나왔다.

"이런 CBR!!"[26] 부동산 가격이 지나치게 과열되어 중개사를 더 이상 배출해서는 안 된다는 여론에 따라 시험이 연기되었다는 것이다. 허탈했지만 별 수 없었다. 부동산 공부를 잠시 접고 제일고시학원 맞은편에 있던 '대산전기학원'으로 잽싸게 옮겼다. 어차피 시험은 연기됐고, 수원으로 내려가기도 싫었기 때문이다. 좀 더 가치 있는 자격증을 따기로 했다.

전기학원에 등록하여 공부하다 보니 어느새 해가 바뀌었다. 공인중개사 시험을 4월에 실시한다는 뉴스가 전파를 타고 내 귀에 당도했다. 갑자기 급해졌다. 공인중개사와 전기자격증 시험이 겹친 것이다. 따로 할 사정이 아니었다. 며칠 남지는 않았지만 다시 한 번 헤딩하기로 했다. 자주 코피를 쏟아 하늘이 노래져서 그렇지 불면증이 시험기간엔 보약이었다.

하여간 며칠 남진 않았지만 확실히 무장을 했다. 파김치

26) 속칭 '씨부랄'의 영어 이니셜로, 한탄하는 마음을 에둘러 표현한 것이다.

가 된 어느 날, 어떤 이유에선지 공인중개사와 전기기술자 자격시험의 문제가 눈앞에 아른거렸다. 문제가 뭐가 나올지 그림이 주~욱 그려진 것이다. 희한한 일이었지만 시험들이 요식행위로 느껴졌다. 그래도 실수를 하지말자는 생각으로 임했다. 역시 두 개의 시험 모두가 요식행위로 느껴질 만큼 쉬웠다.

1990년 5월, 공인중개사와 전기자격증을 동시에 취득(당시 국졸 수준으로 대학에서 딸 수 있는 자격)했다. 의기양양(?)하게 수원으로 향했다. 공인중개사를 차려 속된 말로 떼돈을 벌어 제대로 된 공부 한번 해봐야겠다는 생각을 한 것이다. 하지만 세상은 그리 호락호락하지 않는 법. 이미 수원엔 부동산 거래 과열로 공인중개사업 허가 제한지역으로 묶여버렸다.

평상심을 유지하던 사람도 복권을 사면 욕欲이 발동해 파도치기 시작한다더니, 큰돈을 벌어보겠다고 마음먹으니 별놈의 생각이 다 들었다. 전국이 부동산 과열로 어지간한 지역은 이미 부동산 거래 허가제로 바뀌어 버렸고, 공인중개사 사무소도 제한하는 추세에 있었다. 그래도 욕심이 앞을 가려 외할아버지가 계시는 강원도 동해시의 북평으로 향했다.

동해시에서의 공인중개사 생활

떼돈(?)을 벌어 제대로 된 공부 한번 해보자는 요량으로 시작된 공인중개사업. 재수 더럽게 없는 난 또 막차(?)를 탔다. 수원에서 개업한다는 건 언감생심이라 외조부가 계시는 강원도 동해시로 향했다. 하지만 전국의 어지간한 토지거래는 이미 허가제로 묶여 버렸고, 공인중개사 또한 허가제로 묶여 개업조차 쉽지 않았다. 그럼에도 외조부만 믿고 무작정 갔다. 외조부는 당시 유지 중의 유지였다.

사실 동해시에서 개업하기로 한 데에는 당시 노태우 대통령이 추진하던 북방개척과도 무관하지 않다. 마침 동해시가 북방개척의 전진기지로 선정된 것이다. 또 동해시의 발전 가능성이 무궁무진하다는 언론의 대대적인 보도도 나의 이 잘난 팔랑개비를 자극하는데 한몫 했다. 정말 뭔가 될 것 같았다. 가슴이 뛰었다. 한번 치기 시작한 파도는 가라앉을 줄 몰랐다. 한마디로 돈에 눈이 뒤집힌 것이다.

후다닥 돈을 벌어야겠다는 어리석은 마음에 허가를 어떻

게든 받아야만 했다. 속된 말로 빽(?)을 동원했다. 외조부의 강력한 빽. 믿기지 않을 정도로 빠르게 허가증이 나왔다. 일사천리로 개업 준비를 마치고 간판을 내 걸었다. 내 호를 딴 '공인중개사 승영사무소'가 탄생한 것이다. 떡을 왕창해서 대박기원 고사와 홍보를 겸해 동네 주민들에게 돌렸다. 시골이라 그런지 사무실 내방객도 대단했다.

첫 끗발이 개 끗발이라고, 좋은 기운은 며칠 가지 못했다. 민낯이 고스란히 드러난 것이다. 우리나라 사람들, 아니 서울사람들의 부동산 투자능력(?)은 그야말로 귀재라는 것을 입증시켜주기라도 하듯 웬만한 토지는 이미 그들 손아귀에 다 들어간 상태였다. 의뢰인이 뭘 좀 알아봐 달라 하여 토지대장을 확인해 보면, 십중팔구 서울 사람들, 그것도 강남 서초구에 주소를 둔 사람들이 대부분이었다.

사무실 개업은 무난하게 이뤄졌지만 의뢰인들과 잡담(?)하는 공간으로 변해갔다. 속된 말로 실속은 하나도 없는 속빈강정, 즉 외화내빈外華內貧의 전형만 절감하며 속절없이 지냈다. 어쩌다 중개가 성사돼 받는 수수료 가지고는 여직원 월급주고 등기소나 시청에서 발급받는 수수료를 지불하고 나면 땡이었다. 토지거래를 위해선 현장을 자주 방문해야 하는데 이런 비용도 만만치 않게 들어갔다.

그러던 어느 날, 어머니의 '장작개비'가 떠올랐다. 정직하게 땀 흘려 벌지 않은 돈을 벌고자 지랄발광하고 있는 나를 발견한 것이다. 떼돈을 벌어 제대로 된 공부 한번 해보겠다는 생각이 잘못되었음을 인식한 것이다. 잠시지만 돈에 눈이 뒤집혀 정당하게 땀 흘려 일하고자 하는 마음을 잃어버렸던 것이다. 그런 나를 자책하며 팔랑개비를 원망했다. 도대체 떼돈 벌어 공부해서 뭐하려고 했는지 원.

동시에 내가 부동산 중개업을 할 수 없는 결정적 유전자가 존재한다는 걸 뼈저리게 느꼈다. 가령 동일한 부동산(토지나 주택 등)을 두고 매도자에게는 가능한 부정적으로 얘기해서 팔도록 해야 하고, 매수자에게는 어떻게든 긍정적으로 얘기해 구매할 수 있도록 해야 한다는 점이었다. 모순矛盾도 보통 모순이 아니었다. 물론 사람들 삶 속에서 누군가에게는 반드시 그런 일이 필요한 일이기는 하다.

하지만 내 정서론 도저히 받아들일 수 없는 일이었다. 더 이상 중개업을 유지할 수 없다는 결론에 이르렀다. 자괴감에 빠져 살던 어느 날, 리비아 대수로 공사에 필요한 인재를 모집한다는 신문광고를 접했다. 전기기사가 눈에 들어왔다. 주저 없이 원서를 썼다. 보름이나 지났을까? 시험보러 오라는 전화가 왔다. 그렇게 동해시에서의 공인중개사 생활은 개털로 끝나고, 열사의 땅 리비아로 향했다.

리비아 트리폴리에서의 노동자 삶, 하나

1990년 말, 김포에서 대한항공에 몸을 실었다. 직항이 없어 태국과 사우디아라비아, 바레인을 거쳐야 도착하는 북아프리카의 리비아. 편도로만 자그마치 23시간이라는 어마어마한 시간을 비행하는 구간이었다. 게다가 당시만 해도 기내에서 흡연을 마구 해댈 때였다. 기내 식사가 끝나면 거의 화재현장을 방불케 할 정도로 기내는 연기로 가득 차기 일쑤였다. 담배를 전혀 입에 대지 않는 난 호흡을 제대로 할 수 없어 아주 죽을 맛이었다.

얼마나 두통이 심하고 피곤이 가중되었는지 리비아에 도착하기 전 기내에서 혼절하는 줄 알았다. 죽을 팔자는 아니었던지, 완전 녹초가 되어 트리폴리공항을 빠져 나왔다. 대기하고 있던 '동아건설 트리폴리사무소'로 향하는 대형버스에 몸을 실었다. 시차 때문인지 몸은 더럽게 피곤했다. 하지만 눈만 멀뚱멀뚱할 뿐 잠이 오지 않아 미칠 지경이었다. 그럼에도 미지의 세계에 왔다는 느낌이 들었는지 호기심과 긴

장감에 가슴이 뛰었다.

트리폴리사무소에서는 1주일에 한 번씩 들어오는 항공기에 맞춰 일과가 진행됐다. 동아건설의 트리폴리지사 역할과 한국으로 드나드는 인력을 중간에서 관리해주는 것이 주요 임무였다. 말하자면 귀국하는 노동자들도 트리폴리사무소에서 2~3일 지내다 공항으로 이동하여 귀국하고, 반대로 한국에서 리비아에 도착하면 트리폴리사무소에서 2~3일 지내다 사막의 각 현장으로 배치되는 것이다. 나도 현장으로 배치되기 전까지 머물렀다.

운이 좋은 건지 나쁜 건지 모르겠으나 난 사막沙漠의 현장으로 가지 않고 리비아 본부격인 트리폴리사무소로 발령이 났다. 말하자면 대기하던 사무소에 그냥 머무르게 된 것이다. 동료들은 축하(?)한다고 했지만, 발령 다음날 아침부터 서무과장과 대판한 것을 생각하면 축하받을 일도 아니었다. 시차 적응을 못했는지 늦게 잠이 들어 출근시간을 지키지 못한 것이다. 미스터 약속으로 불리던 내가 출근시간을 어기다니 유구무언이었다.

서무과장은 나를 즉각 호출했다. 얼굴을 보자마자 퍼붓기 시작했다. 이제 갓 해외취업한 사람이 기강이 이렇게 해이해져서 쓰겠냐는 것이었다. 난 잘못이 명백한 만큼 꿀 먹은

벙어리마냥 꼼짝 못하고 잘못했다고 사죄했다. 어떤 마음이 었는지 모르겠으나 서무과장은 30여 분이 훌쩍 지날 만큼 한 얘기 또 하고 한 얘기 또 했다. 술도 안 마신 사람이 무슨 놈의 말을 그렇게 반복하는지 환장할 노릇이었다. 갑자기 뚜껑이 확 열리고[27] 말았다.

"에이 CBR![28] 나 여기서 그냥 귀국해야겠다. 뭐 이런 개시끼가 다 있어." 해버렸다. 사무실의 기운이 싸해졌다. 사무실 사람들의 시선이 우리에게 집중됐다. 후에 알게 된 일이지만, 서무과장은 트리폴리사무소의 사실상 2인자였다. 그는 항공기 추락사고 현장에서도 생존한 인물이다. 그가 탔던 항공기는 1989년 7월 27일 김포에서 이륙, 태국과 바레인, 사우디(제다)를 거쳐 다음날 트리폴리에 도착 예정이던 대한항공 803편(DC-10)이었다.

시야가 확보되지 않은 악천후에도 불구하고 무리하게 착륙을 시도하다 추락한 것이다. 당시 탑승객 중 72명이 그 자리에서 숨졌다. 서무과장은 당시의 충격(?)으로 유럽 사람들처럼 안구가 파랗게 변했다. 잘 모르는 사람들은 혼혈인으

---

27) '뚜껑이 열리다'라는 말은, 기(氣)가 머리 한쪽으로 몰려 기분이 매우 나쁘다는 나만의 속어(俗語).

28) 속칭 '씨부랄'의 영어 이니셜로, 나의 속상한 마음을 에둘러 표현한 것이다.

로 오해할 수도 있을 만큼 심했다. 항공기 사고 트라우마로 다신 해외지사로 나가지 않겠노라 맹세했는데 회사에선 해외지사 파견을 거부하면 사표를 받겠다는 압박에 굴복해 다시 리비아로 나온 사람이다.

아무튼 서무과장은 내 선임 전기기사가 소고기를 수시로 빼돌려 트리폴리 시장에 내다 팔다 들통이 나서 형사범으로 귀국조치 되었기에 나름 사명감을 가지고 관리감독을 제대로 해보겠다고 속된 말로 나를 조진 것이다. 그런데 사람을 봐가면서 볶아야 하는데, 지랄 같은 성질의 나를 두고 그 난리(?)를 쳤으니, 감당이 될 리 만무했던 것이다. 고분고분 듣고 있던 내가 갑자기 강경하게 나오자 깜짝 놀란 것이다. 당황하는 기색이 역력했다.

그럼에도 최대한 당황하는 기색을 감추고 "이 사람이 잘못했으면 가만히 있을 것이지, 어떻게 오자마자 그만두겠다니? 계약서 봤어? 6개월 이내에 귀국하면 항공기 요금 2백여 만 원을 모두 당신이 물어야 하는 데, 감당할 수 있겠나?" 하는 것이 아닌가. 뚜껑이 열린 난 물러서지 않았다. "알아. 항공기 요금 내가 다 물면 되는 거 아냐? 나 귀국한다. 별 그지 같은 시끼를 다 보겠네. 그만 둔다. 에이 CBR!!" 하면서 사무실을 뛰쳐나왔다.

비상이 걸린 건 그쪽이었다. 전기기사라곤 딸랑 혼자인데, 귀국하겠다고 펄펄 뛰니 문제가 심각해진 것이다. 트리폴리에서의 전기기사 역할은 대단했다. 트리폴리사무소(대략 30여 동의 건물, 지역의 특성상 방 하나에 에어컨 한두 개는 필수. 캠프 내의 에어컨만 수백 대)의 전기시설은 말할 것도 없고, 대사관과 대사관저, 교민들 집과 심지어는 대한항공의 직원들이 쓰는 무전기까지 수리해줘야 할 만큼 전기기사의 역할은 실로 막중했다.

리비아 트리폴리에서의 노동자 삶, 둘

사정이 이러다 보니, 서무과장이 나를 달래지 않을 수 없었다. 최악보다는 차악을 선택하는 게 낫겠다고 판단한 때문인지 나를 직접 찾지 않고 한 다리 건너 쓰리쿠션으로 사태를 수습코자 했다. 건축전문가 손 대리가 나를 찾아 왔다. 그는 '지금 여기서 귀국해 버리면 트리폴리사무소도 한동안 어려움이 있겠지만 나 또한 물심양면으로 피해가 불가피하니, 한발씩 양보하는 게 어떻겠느냐'는 제안이었다. 같은 기술자의 중재에 마음이 흔들렸다.

사실 나도 씩씩대며 사무실을 박차고 나왔지만, 정말로 귀국하게 되면 정신적으로나 물질적으로 피해가 막심하겠다는 생각이 들었다. 지금도 만만치 않지만, 당시 1천 불(일년 계약)의 월급을 받기로 했던 것을 감안하면 왕복 항공료 2백여 만원은 굉장한 금액이었다. 참고로 계약 조건에 1년을 모두 채우면 왕복항공료를 회사가 부담하고, 6개월에서 1년 사이면 편도, 6개월 이내에 귀국하면 왕복항공료를 모두 본인이 부담하는 조건이었다.

손 대리의 중재를 받아들였다. 다시 사무실을 찾아 서무 과장과 화해를 했다. 이렇게 한바탕 홍역을 치르고 시작된 트리폴리사무소에서의 전기기사 생활은 순탄치 않았다. 사무소 전체 직원이라야 외국인 직원(일부 조선족 동포들과 영국, 인도, 태국, 필리핀 등)들 포함해서 60여 명(?)정도였으니, 소문이 금방 퍼졌다. 성질 더러운 놈이 들어왔다고. 그래선지 노려보며 두고 보자는 놈들도 눈에 띄었다. 거기에도 일종의 텃세(?)가 있었던 것이다.

하지만 우호적으로 대하는 녀석들도 있었다. 늘 부탁을 해야 하는 처지에 있는 녀석들이 그들이다. 가령 당시의 리비아는 양질의 전기시설을 갖추지 못했다. 때문에 우리 사무소 내에는 별도의 발전소 시설을 갖추고 전기를 공급했다. 그럼에도 크고 작은 배전 시설이 자주 고장을 일으켰다. 지역의 특성상 정전 시의 고통은 장난이 아니었다. 게다가 특권(?)인 정수관리시설과 비디오를 시청할 수 있는 방 키도 내가 쥐고 있었기 때문이다.

예나 지금이나 그곳은 지하수를 정수하지 않고는 마실 수가 없다. 때문에 정수기를 수리한다는 명분으로 꺼두면 어느 누구도 정수한 물을 사용할 수 없었다. 철이 지난 얘기지만 정수기의 성능이 얼마나 좋은지 당시 국토부 장관도 종종 사무소를 찾아 정수淨水를 받아갈 정도였다. 리비아가 면적(한반도의 17배)에 비해 작은 나라(외국인 포함 3백 만 명)지만 관료들은 엘리트들이었다. 대부분 바다 건너 프랑스로 유학을 다녀온 녀석들이었다. 그래서인지는 모르겠으나 그들은 쓸데없는 권위를 찾아볼 수 없었다. 금세기 최고의 토목공사라는 대수로 공사를 함에 있어서도 이른바 갑질(?)을 한다는 느낌을 받거나 들은 적이 없다. 비록 카다피가 독재하고 있었지만 관료들의 행태는 전혀 달랐다. 그들의 생활 자세를 보고 놀란 적이 한두 번이 아니다. 정치인들은 물론이고 고위 관료들도 손수 운전(?)하고 다니는 일이 허다했다. 우리도 따라하면 좋겠다는 생각을 많이 했던 시절이다.

좌우간 내 선임기사는 비디오를 관리해야 한다는 명분으로 방 키를 틀어쥐고 시청권을 하루 3시간 정도만 허용하는 아주 개 같은 놈이었다. 당시 동아건설 본사에서는 일주일에 한번 오가는 항공기에 야동을 비롯한 각종 프로그램을 녹화한 테이프 수십 개씩을 파우치29)에 넣어 보내왔다. 전기기사는 각 현장의 특성을 고려하여 적절히 안배해야 함에

29) 파우치(Pouch)가 사전적 의미로는 '화장품이나 핸드폰 따위의 간단한 소지품을 넣는 작은 가방'을 뜻하지만 여기서는 '여행용 가방 정도의 큰 가방'을 말한다.

말로 평정된 것이다. 나도 나이가 많은 베테랑 선배들에게는 형님 대접을 하기로 했고, 동년배들 간에는 상호 친하게 지내기로 했다. 그렇게 한 번 더 홍역을 치르고 나서야 리비아 트리폴리에서의 전기기사 생활은 평온했다. 매일 저녁 탁구와 테니스 등을 즐기면서 지냈다. 하지만 도저히 풀 수 없는 갈등은 따로 있었다. 바로 학력學歷에서 오는 갈등이었다. 해법이 없어 죽을 맛이었다.

그간 '실력만 있으면 된다'는 말이 몽땅 뻥(거짓)이라는 걸 깨달았다. 엄연한 사실을 무시할 수 없다는 것도 거기서 인식했다. 자격을 갖춘 기술자라 하더라도 학력에서 오는 갈등은 피할 수 없었다. 저학력이라는 이유로 차별이 한두 가지가 아니었다. 나와 유사한 학력 소지자는 모두 도매급이었다. 이를 어떻게 극복할 것인가? 숙고의 숙고를 거듭했다. 인권변호사가 되기로 했다. 인권변호사가 되어 차별 없는 세상을 만들어야겠다는 생각을 했다.

누가 그랬나? 큰 아픔을 겪고 나면 어지간한 갈등은 약이라고. 맞는 말이었다. 다람쥐 쳇바퀴 돌 듯 하던 평소의 일과는 시시콜콜했다. 문제가 없었다. 보다 근원적인 문제에 접근하다 보니, '우리의 삶 어떻게 할 것인가?'라는 자문이 계속됐다. 25년이 지난 지금까지도 이어지고 있다. 일과를 마

치면 어떻게 효과적으로 공부할 것인지 고민하기 시작했다. 장기전에 돌입하기로 했다. 이를 위해선 해외 병부터 극복하는 게 과제로 떠올랐다.

많은 사람들이 알고 있듯, 해외에서의 노동 강도는 국내에서의 그것과는 차원이 다르다. 절반 정도의 노동 강도에 보수는 보통 30퍼센트 이상 많다. 한번 해외로 나가면 귀국하기 쉽지 않다는 말은 대체로 이 같은 연유 때문이다. 시어머니 욕하다 닮는다고 나도 두려움이 없지 않았다. 틈만 나면 귀국한다고 마음을 굳게 다졌다. 다행히도 무탈하게 귀국한 것은 그야말로 신의 뜻, 인샬라Insha'Allah[33]였다. 공부할 수 있는 토대가 마련된 것이다.

33) '알라의 뜻대로 하소서'라는 아랍어. 그들은 어떤 사건이나 사태가 발생하면 늘 '알라의 뜻'이라는 이른바 '인샬라(Insha'Allah)'를 읊조린다.

검정고시 명문 '수도학원'

귀국하기가 무섭게 난 검정고시로 이름난 신설동의 '수도학원'으로 향했다.

1991년 말, 무탈하게 귀국한 것은 그야말로 신의 뜻, 인샬라Insha'Allah였다. 환경이 무지하게 좋은 건 아니었지만, 공부를 할 수 있는 토대가 마련된 것 하나만으로도 한없이 좋았다. '우물쭈물하다 그럴 줄 알았다'는 얘기가 내 얘기가 될까봐 귀국하기 무섭게 검정고시로 이름난 신설동의 수도학원으로 향했다. 이듬해 8월에 예정돼 있는 검정고시(중학교 과정) 반에 등록했다. 과정이 시시하기 짝이 없었지만, 시험을 통과하기 위해서는 분위기를 파악해야 했다.

당시 검정고시를 준비하는 학우들은 다양했다. 연배가 나보다 훨씬 높은 형님과 누님뻘 되는 분들도 적지 않았고 아주 어린 학우들까지 천차만별이었다. 어찌된 일인지 자세한 기억은 없지만 개강 초부터 반장班長을 맡았다. 머리털 나고 반장이란 타이틀은 처음 써봤다. 국민학교 때 맨날 쌈질만

하고 다니다 중학교 과정의 학원에서 반장을 맡다니, 스스로를 잊을 만큼 잠시 구름 위를 나는 기분이었다. 하지만 변화무쌍(?)한 반을 어떻게 이끌지 어깨가 무거웠다.

난 학우들에게 두 가지를 약속(?)했다. 첫 번째는 어떻게든 학우들의 학업 열을 올려 전원이 과정을 통과하도록 하는 것이고, 두 번째는 상대적으로 어렵게 공부[苦學]하는 아이들을 발굴해 공부를 지속할 수 있도록 지원하겠다는 것이었다. 이 두 가지의 약속을 해소하기 위해서는 먼저 학우들에게 한자漢字 공부를 시켜 향학열을 북돋도록 해야겠다는 생각이 들었다. 한자 이천 자만 익히면 그다지 어렵지 않게 교과과정을 패스할 수 있다고 확신했기 때문이다.

난 즉각 학원장을 만났다. 학원의 정규수업을 마치면 별도의 '한자교실'을 운영할 수 있도록 자리를 마련해 줄 것을 요청했다. 학원장은 통이 큰 사람이었다. 흔쾌히 수락했다. 난 매일 정규수업을 마치고 별도로 한 시간씩 한자를 강의하기 시작했다. 하지만 날마다 입이 댓 발씩 나오는 사람도 있었다. 수위 아저씨다. 과정 끝나면 바로 퇴근해야 되는데 우리 때문에 한 시간씩 퇴근이 늦어졌기 때문이다. 좌우간 학우들의 학업 열은 이렇게 해서 분위기를 잡아갔다.

두 번째인 고학苦學하는 학우들을 지원하는 방안은 사정

이 나은 학우들의 십시일반十匙一飯과 마침 물질적으로 넉넉한 학우들(?)이 적지 않은 돈을 쾌척해 주어 매달 3~5명씩 선발하여 지원했다. 좋은 일인데 순탄하면 얼마나 좋을까? 이른바 '문제 학우' 녀석들 때문에 골을 때려야 했다. 어려서 꼭 나와 같은 녀석들이었다. 공부엔 관심 없고, 거리를 배회하면서 쌈질이나 하는 그런 녀석들. 문제는 학원에 출석을 잘 하지 않고 사고를 치고 다닌다는 점이었다.

며칠 다니다가 주야장천晝夜長川 결석을 일삼다 보니, 이들을 관리하기가 쉽지 않았다. 이들을 어떻게 할 것인지 고민하다 일종의 학생회를 조직했다. 일주일에 한 번씩 모여 이들을 구제하기 위한 회의를 했다. 지금의 아내를 거기서 만났다. 사실 아내는 '한자교실'에 참여하는 학우였는데, 내가 마음에 들었는지 항상 졸졸 따라 다니다가 학생회 모임까지 쫓아온 것이다. 아내는 직장을 가진 이른바 주경야독하는 학우였다. 그러면서 지남철처럼 날 따라 붙었다.

이런! 내가 맘에 두었던 학우는 따로 있었는데. 이른바 '문 배우'로 불리던 예쁜 학우였다. 어떻게 하든 그녀를 내 사람으로 만들기로 하고 적지 않게 공功을 들이던 중이었다. 이런 마음을 아는지 모르는지 상관 않고 따라 붙은 것이다. 아내의 행태를 이해할 수 없었다. 하지만 '졸졸 따라다니기

작전'을 끝내 외면하지 못한 난 아내에게 항복하고 말았다. 불같은 사랑 한번 해본 적은 없지만, 은은하게 지속하는 아내의 심성은 하늘을 찌르고도 남을 만큼 착하다.

여하튼 난 '중학교 과정'과 '한자특강', 이른바 '문제 학우 구제하기' 등에 주력했다. 모든 일이 순조롭게 진행되는 줄 알았다. 호사다마好事多魔라 했던가? 시험을 코앞에 두고 '인샬라'인지, '쿼바디스 도미네Quo Vadis Domine'인지 기로岐路에 서게 되었다. 한번 물면 집요하게 파고드는 개떡 같은 성질에다 만성적인 불면, 불규칙한 식사(3종 세트) 탓인지 위장에 탈(병)이 생긴 것이다. 위가 거의 천공穿孔 직전이라는 진단이 나왔다. 당장 학업이 문제였다.

바로 입원하지 않으면 숨질 수도 있다는 엄포(?)에 쫄아 공부고 뭐고 다 때려치우고 당시 수원 남문에 위치한 '정선근내과'(현 '중앙병원')에 즉시 입원했다. 아내도 날 간호하겠다고 잘 다니던 직장(다국적기업 한국지사)과 학업을 모두 포기하고 수원으로 내려왔다. 죽을병은 아니었던지 며칠 입원했더니 기력도 정력(?)도 쌩쌩해졌다. 퇴원하겠다고 했더니 최소 2주는 있어야 한단다. 2주를 꽉 채우고 퇴원했다. 하지만 뭔가 사기詐欺 당한 느낌을 지울 수 없었다.

시일이 좀 지나 다른 병원을 방문하여 위를 재검사한 결과 입원까지 할 필요는 없고 약물만으로도 치료가 가능하다는 소견을 받았다. 여하튼 시험을 코앞에 두고 병원을 들락거리며 몇 주를 보냈더니, 다시 학원을 간다는 건 무리였다. 게다가 아내가 간호하겠다고 수원으로 내려온 이후부터는 사실상 혼인[34]한 것이나 다름없었다. 신접살림을 해야 할 판이었다. 복병(?)이었던 셈이다. '우물쭈물하다 그럴 줄 알았다'는 말이 딱 어울리는 꼴이었다. 공부, 꽝(?)된 것이다.

복병은 복병이고 현실은 현실이었다. 그간 몇 달 동안 학원을 다닌 게 아까웠다. 검정고시를 치르기로 했다. 학원갈 입장이 못 되어 아내의 가정교사 역할을 하면서 독학으로 돌파하기로 했다. 운이 좋았는지 8월 시험에 아내와 나란히 합격했다. 중학교 과정을 마친 것이다. 기쁨도 잠시, 먹고 살 생각에 학업은 더 이상 생각할 수 없었다. 꿈을 잠시 접기로 했다. 게다가 아내는 임신(?)까지 했다. 어이쿠! 이 개떡 같은 팔자!! 죽으나 사나 처자식 먹여 살려야 했다.

---

34) 혼인(婚姻)의 혼(婚)은 신부가 시어머니, 시아버지가 계시는 시가(媤家)에 가는 것을 뜻하고, 인(姻)은 신랑이 장인, 장모가 계시는 장가(丈家)가는 것을 뜻한다. 따라서 결혼(結婚)이라 하면, 여성이 남성에게 종속되는 것을 의미하므로 올바른 어휘가 아니다. 수평적인 개념의 혼인(婚姻)으로 써야 한다.

도시가스 설계 기사

어렵게 시작한 학업이었지만 의외의 복병(?)을 만나 우선 먹고 살아야 했다. '삼천리도시가스' 수원지역관리사무소의 '도시가스 설계기사'로 취업했다. 아내와 좀 지나면 새로운 가족구성원이 하나 늘어나는 상황에서 인권변호사를 위한 학업(?)은 잠시 접지 않을 수 없었다. 하지만 빨리 기반을 마련해 학업을 재개하겠다는 불타는 의지는 확고부동했다.

당시 '삼천리도시가스' 수원지역사무소의 직원은 20여 명(?)으로 전형적인 소기업이었다. 하지만 도시가스 설계와 시공으로만 연 매출 10억 원(오늘날 가치로 50억 원?)이 넘는 나름 중견회사였다. 주요 직분은 도시가스 설계기사였지만, 수원의 30퍼센트를 차지하는 면적의 도시가스 사용세대를 관리하는 일(요금과 전입 · 전출 관리 등)도 분장된 업무의 하나였다.

능력을 인정받기 위해 밤낮을 가리지 않고 도시가스 설계를 익혔다. 자격증은 과거에 따두었지만, 도시가스 설계는

찢어 버리기 전에 당장 꺼져 이 개시끼야." 하자, 놀라 달아났다.

분이 덜 풀려 사무실로 달려갔다. 앞으로 저런 개시끼들에게 뇌물을 제공하지 말라고 단단히 일러두기 위해서였다. 놀라 달아난 본사 시끼가 일련의 사태(?)를 그새 사장에게 고여 바친 모양이다. 사태를 파악한 사장은 날 마구 나무랐다. 남의 집시끼와 우리 집시끼가 싸우면 우리집시끼를 편드는 게 정서거늘, 전혀 딴판이라니 기가 막힐 일이었다.

그렇다고 그간 설계 시공할 때마다 제공한 뇌물들을 다 폭로하는 것도 정서상 쉽지 않았다. 지금도 잔재가 존재하지만, 당시는 검찰과 경찰도 소소한 뇌물수수(?)는 다반사로 이루어지던 때였다. 충격이 컸다. 찌질한 을乙이 될 것인지, 결별할 것인지를 두고 사장과 담판을 했다. 쉽게 정리됐다. 사장은 더 이상 나와 사업을 못하겠다는 사인을 보내왔다.

날강도 같은 인간

길지 않은 시간이었지만 사회의 구조적 비리를 많이도 경험했던 도시가스회사 생활을 청산한 난 군포공단 내에 위치한 '현대가스'라는 산소 충전소에 취업했다. 예로부터 자격증 많은 놈 밥 굶는다 했거늘, 나에겐 가끔 효자노릇도 했다. 허걱! 자격증 믿고 진득하게 있지 못하고 여기저기 싸돌아 다녀 거지가 된 건지도 모른다고 생각하면, 틀린 말이 아닌지도 모르겠다.

'현대가스'는 액화산소를 공급받아 기화시켜 산소용기에 충전하는 일종의 공장(?)이었다. 하루 10여 톤을 처리하는 관련업계에선 나름 알려진 충전소였다. 난 안전관리과장으로 일했다. 안전에 관한 부분만 책임지면 되는 비교적 편안한 자리였다. 하지만 안전관리라는 게 사장의 경영 방침과는 상충되는 자리다. 안전을 강조하다 보면 생산 효율(?)이 뚝 떨어지기 때문이다.

정규 직원들은 10여 명(?)이나 되었을까? 대부분 일당제

(?)로 사람들을 불러다 썼다. 산소용기에 충전하는 일을 당시 사람들은 이른바 상노가다로 불렀다. 빈 산소용기를 실은 자동차가 공장에 들어오면 충전장소로 이동하여 충전한 뒤 다시 차에 실어주는 비교적 단순작업이었다. 하지만 무게가 장난이 아닌 가스용기를 하루에 수백 개씩 충전한다는 건 보통일이 아니었다.

산소는 용기에 보통 150㎏/㎠ 정도의 고압으로 충전한다. 워낙 고압이다 보니 산소용기의 취급상 안전 수칙이 있다. 첫째, 운반할 경우 반드시 캡을 씌운다. 둘째, 밸브 개폐 시 앞에서 열지 않고 반드시 옆에서 열도록 한다. 셋째, 기름 묻은 손으로 용기를 만지지 않는다. 넷째, 굴리거나 넘어뜨리거나 던지지 않는다. 뭐 이런 정도다. 하지만 몽땅 무시되는 곳이 충전소다.

이런 수칙을 모두 지켰다간 밥 굶기 딱 좋다나. 특히 시간이 돈이라는 사장의 경영 방침에 산소용기를 거의 집어 던지거나 굴려 이동시켜 하루 보통 5~6백 개(?)씩 충전하는 게 다반사였다. 밸브를 보호하는 캡을 씌우지 않고 산소통을 던지거나 굴리는 행위가 매우 위험천만한 일임에도 아랑곳 않는다. 수많은 경험을 밑천 삼아 굴리고 넘어뜨리고 던지길 반복하는 것이다.

더 큰 문제는 노동 강도가 워낙 쌔다 보니 이직률이 높다는 것이었다. 신규직원을 뽑아 현장에 배치하면 대체로 10일 정도가 변곡점이었다. 조용히 그만두는 것이다. 아무리 상노가다로 불리지만 이건 아니었다. 사장은 노동 강도를 줄여주기는커녕 오히려 이런 상황을 즐기고 있었다. 강도(?)가 따로 없었다. 사정이 이러니 더욱 노동 강도를 높여갈 수밖에 없는 일이었다.

가령 노동 강도를 높여 생산성이 높아지면 이익금이 많아져 좋고, 노동 강도에 치여 그만두면 그간의 임금을 지급하지 않음으로써 도움이 되었다. 양수겸장兩手兼將이었다. 악성이 굴레를 벗어나지 못하는 이유였다. 그러면서도 꼴에 자식 교육은 관심이 있었던지 아들 하나는 예술 공부를 시킨다고 서울의 모 음대를 보냈다. 개뿔 호박에 줄긋는다고 수박이 되는 건 아닌데.

여하튼 나와는 극과 극을 달리는 그런 인간이었다. 도저히 상종 못할 인간으로 보여 당장 때려치우고 싶었지만, 어떻게 그런 생각이 들었는지 모르겠으나 내부 혁신을 통해 노동자의 권리를 최대한 보장받을 수 있도록 해야겠다는 오기(?)가 발동했다. 이른바 솜에 물들이는 전략을 구사하기로 했다. 직원들 가운데 사장 친척이 운전기사를 포함해 둘이나 있었기 때문이다.

나와 직원들은 가깝지도 멀지도 않은 사이[불가근불가원不可近不可遠]였다. 안전관리를 강조하다 보면 이른바 생산성이 떨어지고, 생산성이 떨어지면 그만큼 퇴근도 늦어지는 구조였다. 당시만 해도 할당량이 정해져 있었기 때문이다. 이런 상황에서 고난도의 상노가다를 가끔 거들어주니 하나 둘 마음을 열었다. 노동 강도는 불문하고 밀린 임금이나 받았으면 좋겠다는 얘기들이 나왔다.

놀라운 일이 아닐 수 없었다. 신규 직원들만의 문제가 아니었던 것이다. 이미 몇 달씩 다들 체불상태였던 것이다. 사장이란 인간이 다시 보였다. 정말 파렴치한이 따로 없다는 생각이 들자, 뚜껑이 열렸다.[37] 하지만 이성적으로 접근했다. 사장의 덩치가 장난이 아니었기 때문이다. 사장을 찾았다. 밀린 임금을 당장 지급하지 않으면, 태업怠業에 돌입하겠다고 압박했다.

이상한 놈 하나가 들어와 직원들을 선동한다고 한동안 시끄러웠다. 하지만 사장은 내 요구를 수용하지 않을 수 없었다. 직원들이 나를 적극 지지했기 때문이다. 만족스럽진 않

37) '뚜껑이 열리다'라는 말은, 기(氣)가 머리 한쪽으로 몰려 기분이 매우 나쁘다는 나만의 속어(俗語).

지만 숨통이 트일 만큼, 밀린 월급 일부씩을 지급 받았다. 상황이 이렇게 전개되자 한 가지 더 요구했다. 안전에 직결되는 사안인 만큼, 노동 강도를 줄여줄 것을 요청한 것이다. 사장은 거부했다.

예상한 일이지만, 물러서지 않았다. 하지만 사장도 회사의 명운 어쩌고저쩌고 하며 강경하게 나왔다. 사표를 쓸 각오로 직원들의 의지를 힘으로 보여주자며 그야말로 선전 선동(?)을 했다. 첨예하게 대립했다. 얼마 지나지 않아 임금만 제때 받으면 땡, 노동 강도는 문제 삼지 말자는 얘기들이 흘러 나왔다. 더 이상 존재할 이유가 없었다. 사표를 냈다. 두 달이 채 되지 않았다.

주유기 습격사업?

현대가스에서 그렇게 지랄발광(?)을 하고 나온 이후, 한동안 빈둥빈둥 놀러 다녔다. 다들 그렇겠지만 돌아치다 보면 시간 더럽게 잘 간다. 아주 즐거웠다. 하지만 처자식을 굶길 수 없어 수원의 '경기 기전(?)'을 들어갔다. 주유시설을 건축하거나 주유기기 수리를 전문으로 하는 회사였다. 일종의 틈새시장이었다. 겉으론 후진회사로 보였으나 은근 떼돈(?)을 버는 회사였다.

당시 주유소(?)를 건축하는데 평균 2억 원 정도의 비용이 들었다. 건축비로 1억 원, 주유시설 1억 원. 우리가 흔히 사용하는 주유기가 대당 평균 8백 만 원에서 1천 만 원이나 했고, 위에서 주유노즐을 내려 주유하는 장치는 대당 3천 만원 가까이나 됐다. 주유 손잡이(일명 : 총)만 해도 원가가 1만 원도 안 되는 것을 5~6만 원씩이나 했다. 이른바 주먹구구식의 부르는 게 값이었다.

주유기 1천 만 원짜리를 분해해 보면, 개뿔 고가일 이유가 전혀 없음에도 물정 모르는 사람들이 많다 보니 견적을 왕창 부풀리는 식이었다. 때마침 돈 좀 있다는 사람들은 주유소 사업에 마구 뛰어 들었다. 큰돈을 벌 수 있다는 잘못된 정보를 믿고 투자했다 망한 사람이 줄줄이 사탕이었다. 큰돈을 번 사람들은 바로 이런 틈새를 비집고 들어가 작업하는 사람들이었다.

사장은 주유소 건축을 수주 받으면 주로 건축업자를 통해 일정한 소득을 올리고, 주유시설은 본인의 전공(?)을 살려 직접 공사를 통해 또 수익을 올렸다. 준공을 하고 나면 그때부턴 주유기기와 시설을 관리해주는 거래처가 되었다. 속된 말로 꿩 먹고 알 먹는 것이었다. 땅 집고 헤엄치기를 그렇게 쉽게 하는 경우도 없으리라. 좌우간 사장의 수완은 보통이 아니었다.

게다가 운전미숙 또는 실수로 주유기를 들이 받는 사고가 종종 발생했다. 남의 불행이 나의 행복이라고, 회사에선 백발백중 바가지 잔치를 벌였다. 사고를 낸 운전자들은 대부분 원상복구 하는 비용에 대해 주저하지 않는 경향이 있기 때문에 이를 적절히 악용한 것이다. 어떤 부품을 어떻게 교체하게 됐는지 묻지도 따지지도 않는 허점을 기가 막히게 활용한 것이다.

그들은 눈 깜짝 않고도 코를 베어갈 만큼 눈치가 백단들이었다. 가령 주유기 사고가 접수되면 초고속으로 달려간다. “어이구! 엄청 많이 망가졌네!!”를 연발하며 뜯기 시작한다. 현장에선 거의 손을 보지 않는다. 무조건 주유기를 뜯어 회사로 가져간다. 외부의 모습과는 달리 내부 장치는 대개 고장이 없어도 전자장치를 비롯한 이런저런 부품을 새것으로 마구 교체했다.

요즘이야 그런 일이 없겠지만(?) 멀쩡한 걸 뜯어 교체하는 일이 허다했다. 돈이 되니 눈이 뒤집히는 것이다. 더구나 멀쩡한 부품을 뜯어 두었다가 다른 주유기 수리할 때 요긴하게 활용(?)하기도 했다. 주유기 외장은 경우에 따라 페인팅으로 마무리 하는 경우도 없진 않으나, 대개 새것으로 교체했다. 손만 대면 새것으로 둔갑되는 것이다. 마이더스의 손(?)이 따로 없었다.

당시 수원을 포함해 경기도 남부 일대가 거의 거래처였다. 봉고차에 주유기기를 잔뜩 때려 싣고 한 바퀴를 순회하고 나면 만 원짜리로 작은 금고가 가득 찰 정도로 돈을 쓸어 담았다. 그럼에도 사장은 자린고비로 유명했다. 마른 수건도 쥐어 짜내는 독종 중의 독종이었다. CBRT![38] 일관되게 독종으로 살 것이지, 자식들에겐 얼마나 인자한지 눈뜨고 볼 수가 없었다.

때와 장소에 맞춰 골프와 스키 등을 시키는데 한마디로 가관이었다. 완전 이중적인 성정의 소유자였다. 그에게서 경영 철학은 기대할 것이 없었다. 아니 경영의 경도 모르는 사람이었다. 최소한의 도덕성도 없었다. 장사꾼의 기본적인 상도商道도 없는 도둑(?) 그 이상도 이하도 아니었다. 심보가 아주 나쁜 놈(?)이었다. 평소 개 같다 보니 공동체 의식도 개뿔 없었다.

여하튼 내 팔자가 사나운 건지 더러운 건지 모르겠으나 어딜 들어가기만 하면 이런 개떡 같은 행태들이 마구 보였다. CBR![39] 문젤 제기하지 않으면 내가 아니지. 사장에게 돌직구를 날리기 시작했다. 어떻게 교체하지도 않은 걸 교체했다고 속이고, 바가지를 그토록 심하게 씌울 수 있느냐고 비판했다. 어떤 돌직구를 날려도 사장은 꼼짝 못했다. 후환이 두려웠기 때문이다.

기껏해야 사장은 '경영자치고 그렇게 하지 않는 사람이

38) 속칭 '씨부랑탕'의 영어 이니셜로, 욕을 에둘러 표현한 것이다.

39) 속칭 '씨부랄'의 영어 이니셜로, 독백하는 마음을 에둘러 표현한 것이다.

어디 있느냐'며 강변하기 일쑤였다. 그럴 때마다 난 '남들이 다 도둑질 한다고 나도 따라 도둑질 할 수 있는 것이냐?'고 퍼부었다. 하지만 그 놈의 사장도 귀 구멍에 콘크리트를 했는지 우이독경牛耳讀經이었다. 갈등하지 않을 수 없었다. 처자식을 위해 계속 다녀야 할 것인지? 때려치울 것인지? 그것이 문제였다.

도시가스 회사 다닐 때, 시청의 모 직원이 해줬던 이야기가 뇌리를 스쳤다. 비록 박봉이지만 자기업무 하면서 공부도 할 수 있는(?) '기능직 공무원'이 있다는 얘기가 떠오른 것이다. 마침 신년新年이 얼마 남지 않은 상황이라 매달리지 않기로 했다. 과감하게 '주유기 습격사업'을 정리하기로 했다. 악업惡業을 얼마나 쌓았는지(?) 몇 년 후, 그 회사는 사라지고 없었다.

기능직 공무원이 되다

인연因緣이란 게 정말 있긴 있는가 보다. 나이가 들수록 불교의 연기설[40]이 점점 더 가슴을 파고든다. 별로 달갑지 않은 추억을 가지고 있는 도시가스 회사였지만, 재직 시엔 괜찮은 분들을 많이도 만났다. 그 중에서도 수원시청의 황모 주무관은 각별했다. 당시 도시가스 설비를 책임지고 있던 그는 덕이 출중한 이웃의 큰 형님 같은 분이었다.

어느 날, 그로부터 시청사의 도시가스 설비 증설에 대한 설계 의뢰가 들어왔다. 시청의 현장을 방문하여 설명을 해주고 이런 저런 담소를 나누던 중, 나도 모르게 신세 한탄을 했다. 직장을 다니느라 공부를 할 수 없어 고민이라고 토로

40) 연기설(緣起說)은 모든 존재를 인연(因緣)에서 비롯한 것으로 보는 개념이다. 연기의 법칙은 '이것이 있으므로 저것이 있고, 이것이 생(生)하므로 저것이 생(生)한다. 이것이 없으므로 저것이 없으며, 이것이 멸(滅)하므로 저것이 멸(滅)한다'는 형식으로 표현된다. 하나의 원인으로 모든 것을 설명하는 일원론적인 세계관이나 세상의 모든 것이 결정되어 있다고 하는 운명론적인 해석을 거부하고, 모든 현상에는 일정한 원인과 조건이 반드시 있다는 주장을 담고 있다.

더라도 인사는 하고 나오라는 부탁을 해왔다.

하모 차석과의 말도 안 되는 밀당(줄다리기를 할 때 줄을 당겼다 놓았다 하는 것처럼, 상대방에게 잘해주다가 못해주는 것을 적절하게 반복하는 행동) 끝에 결국 그의 유인책에 휘말려 "인사만 하고 가겠다."는 답을 하고 소장실로 들어갔다. 이미 들어갔던 동기들 세 명은 신고(?)를 마쳤는지 차를 마시며 담소를 나누고 있었다. 소장에게 가볍게 목례를 하고 소파에 앉았다. 소장은 대뜸 팔을 내밀었다. 악수하자는 사인으로 알고 나도 팔을 내밀었더니 악수가 아닌 뭘 달라는 표시를 했다. 난 알아듣지 못해 돌직구로 대체 뭘 달라는 거냐고 물었더니 사령장을 달라는 것이었다.

그러고 보니 동기들의 사령장은 소장이 앉은 자리 앞 탁자에 가지런히 놓여 있었다. 눈치라곤 더럽게 없던 난 그제에서야 오른쪽 뒷주머니에 구겨 넣어 뒀던 사령장을 꺼내 소장께 건넸다. 꼬깃꼬깃한 사령장을 받아든 소장은 "세상에 사령장을 구겨서 주머니에 넣어뒀다 보여주는 사람은 30년 공직생활 가운데 처음 봤다"면서 껄껄댔다. 소장은 이제 공무원이 되었으니 국가를 위해 헌신해야 한다고 강조했다. 하지만 귀가할 생각 때문인지 귀에 들어오지 않았다.

인사가 끝나자 소장실을 나왔다. 두리번거리다 밖에서 기다리고 있던 하모 차석을 만났다. 난 '공무원 생활은 없었던 것'으로 하고 귀가를 할 것이니, 시청에 그리 전해달라고 했다. 그리고 자리를 뜨려는 찰라, 하모 차석은 그러지 말고 자기와 '이의 가압장' 구경이나 한번 가자는 제안을 했다. 난 "이런 공직생활 생각없다. 갈 필요성을 느끼지 못한다."며 거부했다. 하모 차석은 아랑곳 않고 펌프장이 어떻게 생겼는지 구경이나 하고 가라며 간절하게 요청했다.

하모 차석의 거듭된 요청에 마음이 약해졌는지 "에이! 죽은 사람 소원도 들어준다는 데, 산사람 얘기 한번 들어주지 못할게 뭐있냐?"며 앞장서라고 했다. 10여 분 비탈길을 지나 문제(?)의 가압장을 방문했다. 150마력짜리 3기 가운데 2기가 가동 중에 있었다. 정비가 제대로 이뤄지지 않아 소음이 장난이 아니었다. 게다가 직원이 부족하다 보니 청경이 근무하고 있었다. 2인 1조 격일제로 근무하게 되어 있었지만 결원이다 보니 부득이 청경 홀로 근무 중이었다.

노동환경이 열악하기 짝이 없었다. 하모 차석이 왜 그렇게 간절하게 부탁을 했는지 비로소 이해가 됐다. 당시만 해도 기능직에 대한 시선과 처우는 말이 아니었다. 나보다 선배들의 경우, 대개 8급으로 임용된 것이 잘 말해준다. 사정이 이렇다 보니 양질의 인적자원을 확보하기 쉽지 않았다.

물론 세상살이가 팍팍해지다 보니 박봉에도 공급이 수요보다 많아지면서 서서히 급수도 낮아지긴 했지만, 당시의 노동환경은 거의 후진국에서 겨우 벗어난 정도랄까?

지금이야 '기능직이라는 제도자체가 폐지'되었지만, 내가 임용될 때만 해도 기능직의 경우는 그 열악함을 논할 수조차 없었다. 더구나 기업에 비해 봉급이 절반에도 미치지 못할 만큼 물질적으로도 각박했다. 가령 1994년 6월, 임용 당시 기본급이 346,500원이었다. 각종 수당을 다 포함해도 80여 만 원 남짓했다. 20년이 훌쩍 지난 지금은 각종 수당이 기본급에 산입 되어 대체로 3백 만 원을 넘어 서고 있지만, 당시의 노동환경은 언급조차 부끄러울 정도였다.

여하튼 이의 가압장을 도착하여 그와 같은 환경을 목격한 난 충격(?)을 받았다. 공공기관의 환경이 이 정도일 줄은 몰랐던 것이다. 그만두고 귀가하겠다는 생각이 상당히 물렁해져 가던 무렵, 하모 차석과 청경은 내가 열심히 복무하면 그것이 곧 국가에 기여하는 일이 되는 것이고, 또 내가 하고 싶은 공부를 할 수 있는 여건도 마련될 수 있다는 얘기를 곁들였다. 후자의 얘기에 번뜩였다. 공부할 수 있는 기반이 마련될 수 있다는 한마디에 그만 꽂힌 것이다.

응답하라 1994, 둘

여러 곡절曲折을 거쳐 시작된 '이의 가압장'에서의 공직생활은 청소하는 일부터 시작됐다. 한동안 직원들이 부족했던 탓인지 가압장이 지저분하기 이를 데 없었다. 물 뿌리고 쓸고 대걸레로 닦아냈다. 공간이라야 고작 숙직할 수 있는 방과 주방 하나에 기계 운영실 겸 사무실, 5백 마력 정도의 펌프를 동시에 사용할 수 있는 배전시스템실, 차 한 대 겨우 들어갈 만큼의 주차장, 지하의 펌프장 등이었다. 대형 펌프장 치곤 터가 좁아 불과 며칠도 되지 않아 가압장 상부는 깨끗해졌다.

가압장 상부 쪽이 말끔해지자, 대형 펌프장이 자리 잡고 있는 지하로 발길이 이어졌다. 이곳이야 말로 존재감이 있는 곳이었다. 가압장의 특성상 주요 임무는 펌핑을 통해 배수지(보통 산 중턱에 자리 잡고 있음)로 물을 올려주는 것이었다. 배수지에서부터는 자연수압으로 시민들의 주방으로 향하는 것이다. 이를 위해서는 3300V 고압 모터에 연결된 펌

아내가 기대했던 혼인식도 무리 없이 치렀다는 점에서 1994년은 이래저래 잊을 수 없는 해가 되었다. 그러나 내가 공직에 들어와 반드시 해야 할 일(당위)도 생겼다. '민중을 위해 살아야 한다는 것'이었다. 공직은 일반 기업과 다름을 깨달은 것이다. 이를 위해선 민중의 살림살이와 국방을 알아야 하고, 민중의 신뢰를 잃지 않아야 한다. 숙명(?)을 인식한 것이다.

또 다른 형태의 팔랑개비

가압장 생활이 궤도에 오르자, 어느새 책이 손에 붙어 다녔다. 탄력이 붙자, 상수도사무소장을 찾았다. 첫인사 때 꼬깃꼬깃한 사령장(?)으로 시작된 인연으로 좋지 않은 이미지가 남아 있지 않을까 우려했으나 기우였다. 후에 긍정적인 이야길 들어선지 소장은 아주 반갑게 맞아 주셨다. 난 맡은 바 직무를 충실히 이행하고 있다고 보고하고, 틈틈이 하고 싶은 공부를 병행하고자 하는데 허락해 주시면 좋겠다고 정중히 청했다.

소장은 나에 대해 제대로 알기나 하고 말씀하시는 건지 모르겠으나 "당신 같은 사람이 공부를 안 하면 누가 하겠나? 열심히 하게나." 하면서 흔쾌히 승낙하는 게 아닌가? 기분 좋게 소장실을 나서면서 뭔지 모를 뿌듯함을 느꼈다. 일이 바로 성취될 것만 같았다. 하지만 이전보다 더 신중해야 한다는 생각을 했다. 소장을 비롯한 선배와 동료 공직자들의 신뢰를 잃지 않기 위해 더 열심히 펌프와 전기설비에 대해 살피고 정비했다.

그렇게 시작된 공직과 학업은 순조로웠다. 그러던 어느 날, 과거 공인중개사 할 때 중개보조원으로 있던 녀석이 찾아왔다. 영통신도시가 앞으로 뜰 것이니, 분양을 받으란 얘기였다. 돈이라곤 개뿔도 없는데 어떻게 분양 운운 할 수 있느냐고 물으니 살고 있는 아파트(열셋 평)를 전세주고, 그 돈으로 계약금과 중도금의 일부로 충당하고, 열심히 벌어 마무리 중도금 납부, 잔금은 대출을 받으면 된다는 기가 막힌 묘책을 내놓았다.

한동안 부는 바람이 없어선지 펄럭이지 않던 팔랑개비가 또 다시 방향을 잃고 헤매기 시작했다. 독자적으로 결정할 일이 아닌 듯해 아내에게 생각이 어떠냐고 물었다. 부창부수라 했던가? 아내는 뭐 내가 하고 싶은 대로 하란다. 남편의 팔랑개비를 누구보다 잘 아는 사람이 적절히 제어해주기는커녕 하고 싶은 대로 하라니. 아내는 늘 이런 식이었다. 내가 어떤 얘기를 해도 찬동부터 하는 통에 보다 쉽게 거덜(?)나는 이유가 아닌가 싶다.

좌우간 코딱지(?) 만한 13평 임대아파트를 분양받은 지 채 2년도 안 돼 내놓았다. 아주대학교가 주변에 있어선지 바로 나갔다. 갑자기 계약하고 나니 살 집이 없어졌다. 다시 상수도사무소장을 찾았다. 이의 가압장에서 살 수 있도록 해 달라고 요청했다. 소장은 가압장에 거주하는 사람이 있다면 오히려 안정적인 업무가 될 수 있다며 바로 허락을 해주셨다. 즉시 5.5평짜리 컨테이너를 하나 구입(240만 원)해 가압장 내로 이사했다.

일종의 관사처럼 살았다. 때문에 생활비를 절약할 수 있어서 좋았다. 출퇴근에 따른 비용과 이런저런 경상비(?)가 절감되어 좋았다. 하지만 걱정거리도 없지 않았다. 아내와 아들 녀석 외에 조카 녀석이 둘이나 더 있었기 때문이다. 여름이야 문 열고 살면 문제가 없었지만 겨울이 문제였다. 전기장판으로 난방을 하는 관계로 전자파와 화재가 우려돼 마음 놓고 사용을 못했다. 그렇게 2년을 살았다. 아이들에게 많이 미안했던 시절이다.

1994년 6월에 임용되어 정확히 1년 6개월이 되자, 8급으로 승진했다. 기분이 묘했다. 계급사회라는 걸 다시 인식했다. 봉급이 조금 올랐지만, 역시 돈쓰는 데 귀신인 나의 씀씀이를 감당하기엔 역부족이었다. 이전에 전혀 눈에 들어오지 않던 대형 오토바이가 갑자기 아른거렸다. 아파트 중도금을 내기 위해 넣어 두었던 돈의 일부를 인출해 750cc 가와사키 중고 오토바이를 5백 만 원이라는 거금(?)을 주고 덜커덕 끌

에서 2천 500만 원을 빌려 방 두 칸(18평)짜리 전세로 나왔으니 이쯤 되면 알만하지 않은가? 이후 9천 500만 원(22평)짜리 전세로 옮겼다가 지난해 다시 1억 2천만 원(19평)짜리로 옮겨 사는 것도 과거의 배수지 후유증(?)이다. 물론 빚이 아직도 1억 원이나 된다. 하지만 배수지에서 계속 살았더라면, 완전 거지 신세(?)를 면치 못했을 것이다. 그나마 불행 중 다행이다.

그럴만한 사연이 없진 않지만 가압장으로 들어가기 전, 가지고 있던 13평짜리 아파트도 헐값에 팔았고, 영통에 분양받았던 24평 아파트도 전세로 주었다 결국 다 날렸다. 여담치곤 무시무시한 얘기지만, 모 배수지에는 들어가는 사람마다 쪽박 차지 않으면 이혼을 하고 나왔다. 말도 안 돼는 얘기 같지만 그런 일이 반복되자, 누구도 그 배수지엘 들어가려는 사람이 없었다. 결국 일찌감치 무인 배수지가 되었다.

일각에서는 이런 현상을 두고 풍수상 물은 아래로 내려가려는 성질 때문에 '재물도 달려 내려가는 것'이라는 말들을 하지만, 나의 경우를 돌이켜 보면 무시할 수 없는 얘기로 들린다. 여하튼 영통배수지에서 자리를 잡아갈 무렵, 이전에 경험하지 못한 국가의 큰 재난이 발생했다. 외환위기(IMF 긴급 구제)가 온 것이다. 뉴스에서는 연일 부실기업과 실직하는 사람들을 보도했다. 나라가 백척간두42)에 선 것이다.

새집이 부서지면 새알도 깨진다고, 공직자의 사명使命이 무엇인지 고민하기 시작했다. 공직자의 사명인 '민중의 마음을 넓혀주고 채워주는' 이른바 확충擴充의 개념을 다시 한 번 새롭게 인식하고 어떤 형태로든 일을 벌이기로 작정했다. 소박하긴 하지만 실직자 자녀들을 대상으로 실용한자實用漢字를 가르치기로 했다. 바로 실천에 옮겼다. 물론 전액 무료다. 이른바 〈승영한자교실〉은 그렇게 탄생됐다.

현수막을 배수지 정문에 내 걸고, 〈교차로〉와 〈벼룩시장〉이라는 사설 정보지에 모집공고를 냈다. 신도시의 특성(?)이 반영된 탓일까? 예상보다 실직자 자녀보다는 그렇지 않은 자녀가 훨씬 많이 모집에 응했다. 다행이란 생각이 들면서도 처음의 의도완 달라 어떻게 할 것인지 갈등했다. 결국 모두 다 받아들이기로 했다. 실직자든 재직자든 미래의 인재를 양성하는데 있어 굳이 가릴 이유가 없었기 때문이다.

〈승영한자교실〉에서는 주 2일(1일 25자)을 기준으로 한 시간씩 가르쳤다. 어떻게 소문이 났는지 부모들이 아이들을 하나 둘 꾸준히 데려 왔다. 기분은 물론 좋았으나 나에겐 적

42) 백척간두(百尺竿頭)란 백자(대략 30미터)나 되는 높은 장대 위에 올라섰다는 의미로, 위태로운 지경을 이르는 말이다.

지 않은 부담이 되기도 했다. 책상과 의자, 칠판, 교재 등은 처음 개설할 때 준비했지만 공부하는 아이들의 숫자가 늘어나면서 복사기와 용지, 심지어는 아이들 급수시험 보러갈 때 버스 임차비용까지 스스로 해결해야 했기 때문이다.

그래서인가? 속된 말로 미친 놈 소리를 많이도 들었다. 〈한자교실〉을 왜 개설하여 봉급을 엉뚱한데 허비하냐는 게 요지였다. '덕불고필유린德不孤必有隣'43)이라고 했던가? 마침 상수도사업소로 전입해 온 김모 관리계장(현 시청 국장)이 공보실에 이런 소식을 전해 〈칭찬합시다〉라는 미담 프로그램

43) 『논어(論語)』, 「이인(里仁)」: 子曰, 德不孤, 必有隣.

의 첫 번째 대상자로 선정됐다. 과분하게도 지역이긴 하지만 머리에 털 나고 처음으로 방송도 타는 복을 받았다.

〈한자교실〉과 더불어 〈비법영어〉도 가르치면서 2003년 환경사업소로 발령 나기 전까지 지속했다. 배수지에서의 〈한자교실〉 전에 가르침을 받았던 아이들이 대부분 명문대학을 졸업했고, 배수지에서 공부한 아이들 또한 잘 성장하여 상당 부분 명문대를 졸업했거나 재학 중에 있다. 다들 헤어진 지 오랜 시간이 흘렀지만, 몇몇의 부모들과는 아직도 친분을 유지하고 있다. 이보다 좋은 일이 또 어디 있을까?

가 위아래로 움직이다 보니 고장이 적은 반면 추가 멈추는 단점이 있고, 초음파 수위계는 정확도는 뛰어난 반면 아주 가끔이긴 하지만 습기로 인해 오류가 발생되는 단점이 있었다. 당시 영통배수지는 선진화된 배수지인 만큼 전체가 초음파 수위계를 사용했다. 사용과 관리는 편했지만 가끔 오류로 인해 터지는 사고가 사람을 불안하게 했다.

이른바 첨단 배수지라고 자부했음에도 사고가 나는 건 아이러니였다. 역사는 밤에 이루어진다고 꼭 밤에 일이 터졌다. 사고(범람)나면 주변 아파트 사람들이 베란다에서 소리를 질러댔다. 수면 중에 여기저기 고함이 들려 나가 보면 백발백중 저배수지에서 물이 넘쳤다. 피해만 없다면, 관망해도 좋을 만큼 폭포수에서 떨어지는 물처럼 수량이 대단했다. 배수지 법면이 순식간에 휩쓸려 떠내려가 배수구를 흙과 돌덩이들로 막아버렸다. 생각만 하면 아주 끔찍했다.

어떤 이유에서든 처음 사고는 상수도사업소 차원에서 도움을 주었다. 하지만 두 번 세 번 사고가 반복되자, 벼룩도 낯짝이 있지 매번 보고할 수는 없었다. 아내와 삽을 둘러메고 리어카를 끌고 다니면서 아파트 단지 이곳저곳 배수구에 쌓인 흙을 다 퍼내다 보면 몰골이 말이 아니었다. 씩씩대며 다시는 유사한 사고가 일어나지 않도록 눈을 부릅뜨고 감시하자며 다짐했지만 소용없었다. 몇 달 혹은 몇 년에 한 번씩 주기적으로 터졌다. 손가락으로 꼽지 못한다.

영통배수지에서 나온 지 수년이 지나서도 물 넘치는 꿈을 꾸다 놀라 깬 적이 한두 번이 아니다. 그만큼 후유증은 오래 갔다. 여하튼 육안으론 영통배수지가 나무랄 데 없는 환경임에도 살면서 점점 쪼그라든 점은 지금도 이해가 되지 않는다. 하지만 나름 공직자로서 최소한의 도리는 했다는 점에서 자부심을 느끼게 하는 곳이었다. 또한 좌충우돌했던 김해영이 존재存在의 이유를 확실히 할 수 있었다는 점에서도 영통배수지는 역시 영靈이 통通했던 곳이다.

법학을 때려치운 이유

리비아에서 노동자로 활동할 때, 학력(?)에 대해 철저히 배신당한 경험으로 인해 마음의 상처는 상상 이상이었다. 나와 유사한 처지에 있는 사람들 또한 철저히 차별을 당했다. 인권변호사가 되어 차별 없는 세상을 만들어야겠다는 일념으로 별의 별 짓을 다하며 한 길만 보고 달렸다. 죽을 팔자는 아니었던지 천길 나락으로 떨어지다 겨우 동아줄 한 가닥(?)이 잡혔다. 발판의 계기가 마련된 것이다.

마치 멧돼지처럼 저돌적으로 몰두했다. 어떻게든 법학과를 들어가야만 했다. 하지만 속된 말로 개나 소나 법학과를 지원하는 이들이 많다 보니 경쟁률이 장난이 아니었다. 아무래도 무리다 싶어 궁리 끝에 우회하기로 했다. 일단 철학과로 가서 이중전공이나 복수전공을 하기로 했다. 일종의 틈새 전략을 구사한 것이다. 그렇게 지랄발광하며 대학에 들어간 건 순전히 인권변호사가 되기 위함이었다.

철학과에 들어가 공부하면서 놀란 것은 구성원들이었다.

어쩌면 그리도 개성들이 강한지 선생님들이나 학우들 대부분이 보통 사람들로 보이지 않았다. 물론 경우에 따라선 점수 맞춰 들어온 학우들도 보이긴 했으나 대체는 인상이 강하게 남을 만큼 캐릭터들이 분명했다. 뭐 나도 인상으로 따지면 꽤나 험악한(?) 축에 들었지만, 연세가 지긋한 선생님들이나 젊은 학우들의 인상 또한 만만치 않았다.

철학과가 본래 그런 것인지를 따질 겨를도 없이 공부에 매진했다. 그야말로 후다닥 철학과 과정을 마치고 법학과의 과목을 이수코자 몰두한 것이다. 그러던 어느 날, '살아있는 노자老子'로 불리는 송항룡 선생님의 강의를 만났다. 삶의 의미가 크게 전환될 수 있는 계기가 될 만큼 충격이 컸다. 선생님의 캐릭터는 독특했다. 도가철학자의 전형 그대로였다. 무위자연無爲自然의 삶을 실재로 실천하셨다.

안경부터가 남달랐다. 안경의 크기가 약간 과장하면 얼굴의 반을 차지할 만큼 큼지막한 안경을 주야장천 착용하셨고, 머리는 언제 감았는지 분석해야 할 만큼 대충하고 다니셨다. 나처럼 몇 개 나지도 않는 수염을 당당하게 기르셨고, 와이셔츠를 입었다 하면 때(?)가 빛으로 변할 때까지 입으셨다. 양말 색은 가리지 않아 색이 다른 양말도 비일비재했고, 신발도 짝이 맞지 않는 경우도 드물지 않았다.

양복에 하얀 고무신을 신고 오시기도 하고, 어떤 때는 한쪽은 구두, 한쪽은 고무신인 경우도 있었다. 게다가 강의실에선 흡연을 시도 때도 없이 하셨다. 담배를 입에 대본 적이 없던 나로선 곤혹스럽기 짝이 없었다. 어느 날, 연기에 고문을 당하는 기분과 해로움에 대해 나열하고 금연해 주실 것을 정중히 부탁드렸다가 담배의 해악에 대해 논리적으로 증명(?)해보라는 말씀에 꼬리를 내린 적도 있다.

그런 선생님이 어느 날, 나에게 돌직구로 물으셨다. "왜 사나? 뭐하려고 사나?" 두 가지였다. 순간 기가 막혔다. 즉답은 안 했지만, 속으로 '뭐 이런 시시한 질문을 하고 그러시지? 왜 사냐고? 뭐 하려고 사냐고? 먹고 살려고 살고, 인권변호사가 되어 사회적 약자를 위해 살려고 하지.'를 중얼거렸다. 답이 없자, 선생님은 몇 번을 더 물으셨다. 고집하면 나도 한 고집 하지. 입 다물고 묵언수행 하듯 했다.

뭔가 답을 줄 듯 말 듯 하다 선생님은 더 이상 말씀을 하지 않고, 전문적인 강의에 몰두하다 강의를 마치곤 하셨다. 다음 강의에 오셔서도 똑 같은 말씀만 되풀이 하셨다. "왜 사나? 뭐하려고 사는가?" 그럴 때마다 나도 똑 같은 생각을 했다. 그렇게 몇 주가 지난 무렵, 대오각성大悟覺醒44) 했다. 뭐에 한번 꽂히면 밀어붙이는 탓에 '내가 왜 사는지'에 대해 깊이 있는 생각을 못한 것을 인식한 것이다.

전과 달리 왜 사는지? 무엇 하려고 사는지? 자문자답하기 시작했다. 선생님은 이것을 생각하도록 그간 "왜 사나? 뭐하려고 사는가?"를 끊임없이 물으셨던 것이다. 국민학교 때 강복남 선생님과 학원의 몇 분 선생님들의 강의를 들었던 게 전부였던 내가 '보다 깊이 있게 고민'할 수 있었던 건 그 때가 처음이었다. 충격을 제대로 받은 난 삶의 지향을 더욱 명확하게 해야겠다는 생각을 다부지게 했다.

인권변호사가 되기 위해서는 어떻게 해야 빠르게 접근할 수 있는지? 어떻게 움직여야 사회적 약자가 팍팍 줄어들 수 있는지? 그려 보았다. 한 코미디 프로의 인기 멘트였던 "이건 아니잖아!!" "이건 아니잖아!!"로 결론이 났다. 무엇이 되어 무엇을 하겠다는 그림만 그렸지, 무엇을 어떻게 해서 사회를 통으로 바꾸어 가겠다는 청사진은 부족했던 것이다. 과감果敢하게 방향을 전환키로 결론을 냈다.

우선 철학으로 확실히 무장하고, 이를 현실에서 어떻게 구현해 나갈 것인지를 고민했다. 정치학이 좋겠다는 결론에 이르렀다. 법학을 과감하게 때려치우고 정치외교학을 복수

---

44) 번뇌(煩惱)에서 벗어나 진리를 크게 깨닫는 것을 이른다.

전공하기로 했다. 왜 행정학이 정치학의 아류로 취급되고, 정치외교학이 철학의 아류로 취급되는지 공부를 해보니 그 이유를 알게 되었다. 여하튼 철학과 정치외교학을 공부하면서 세상이 어떻게 움직이는지 명확히 인식했다.

내가 공직자로서 또 학자로서, 운동가로서 강건하게 살아갈 수 있게 된 배경은 '살아있는 노자로 불리는 송항룡 선생님 덕분'이다. 한 인간이 어떤 생각을 가지고 어떻게 살든 그게 뭐 중요하냐며 반론을 제기할 사람도 없진 않겠지만, 사람들의 다양한 삶을 이해하고, 보다 양질의 삶으로 전환시키기 위해서는 어떤 사람의 소견도 가볍게 여겨선 안 된다는 생각이다. 지속하는 지금, 나만의 착각일까?

상수도사업소에서 환경사업소로

8년 9개월, 상수도사업소에서의 대장정을 마쳤다. 환경사업소로 전격 발령이 난 것이다. 공직의 특성상 종이쪼가리 하나로 움직이는 만큼, 환경사업소로 향해야 했다. 말이 환경사업소지, 하수처리장이었다. 수원시민의 생활하수를 한곳으로 모아 처리하는 곳이었다. 전혀 예상하지 못한 상태에서 발령 나자, 가장 먼저 떠 오른 건 주거 문제였다. 개뿔 집이 없다보니 당장 나갈 곳이 없었다. 한마디로 황당했다.

시청 총무과(현 행정지원과) 인사계를 찾았다. 김모 차석(현 시청 팀장)을 만나 저간의 사정을 얘기하고 발령을 취소해 줄 것을 요청했다. 잠시 후, 인사팀장(현 구청 과장)과 논의를 마치고 나온 김모 차석은 난색을 표명했다. 이미 상수도사업소장의 의견을 반영한 인사였기 때문이란다. 후에 알았지만 상수도사업소의 향후 시설 운용은 완전 자동화라는 청사진이 있었다. 즉 각종 시설의 무인화 정책이었다.

이를테면 CCTV와 컴퓨터 프로그램을 적극 활용하여 인

과거科擧에서 일등, 이등, 삼등을 한 것이다. 정판교는 깜놀했다. 벼루의 정교함과 그와의 대화에서 뿜어져 나오는 내공에 감탄했다. '난득호도' 아래에 다음과 같이 썼다. "총명하기도 어렵고, 어리석기도 어렵다. 총명한 사람이 어리석게 되기는 더욱 어렵다. 집착을 놔버리고, 한 걸음 물러나 마음을 놓아버리면 편안하다. 후에 복을 받고자 함이 아니다." (聰明難, 糊塗難. 由聰明而轉入糊塗更難. 放一著, 退一步, 當下心安. 非圖後來福報也.)

노동운동을 하다 보면, 이처럼 '어리석게 행동하기 힘들다'는 생각을 버릴 수 없는 경우가 왕왕 벌어진다. 때문에 난 상황이 좋지 않으면 종종 우회 전략을 구사한다. 우회하는 건 포기하는 것이 아니기 때문이다. 더 멀리 뛰기 위해 잠시 움츠릴 뿐이다. 사마천과 등소평이 이 원리를 실천했다. 유수의 지도자들도 이 원리를 활용하고 있다. 사마천은 역사가로서 등소평은 정치가로 위대한 업적을 남겼다. 미래 세대들에게 좌표가 되고 있다.

사마천司馬遷은 아버지인 사마담이 조정에서 정치적 시련을 맞아 밀려나면서 자신에게 태사太史가 될 것을 유언하고 죽자, 사마천은 부친의 유지를 받드는 과정에서 이릉李陵이라는 장수를 변호하다 역적으로 몰려 자신도 탄핵을 당하고 말았다. 사마천은 가문의 명예를 위해 삶을 과감히 포기할 것인지, 거세형去勢刑을 통해 목숨을 부지할 것인지를 두고 고민하고 또 고민했다. 결국 거세형을 통해 부친의 유지를 따르기로 했다.

그는 3천 년의 방대한 역사를 정리한다는 소명의식을 가지고 편찬 작업에 들어갔다. 마침내 그 위대한 『사기』를 완성했다. 과감한 결단과 피눈물 나는 연구 덕분에 동양은 빛나는 문화를 구축할 수 있었다. 만일 사마천이 자신의 명예만을 생각했더라면 어떠했을까? 하나의 사례에 불과하지만, 세상은 소용小勇(일시적 용기)보다 대용大勇(장기적 안목의 용기)이 주도함을 알 수 있다. 이 같은 '분골쇄신의 정신'이 필요하지 않을까?

등소평鄧小平은 또 어떤가? 그는 오랫동안 모택동의 동지였다. 하지만 어느 날 동지가 적敵이 되어 버렸다. 반 모택동 정서주도와 기회주의자로 몰려 철도노동자로 일하거나 때론 트랙터를 운전하는 노동자로 일하기도 했다. 스스로 피해 있을 때임을 알고 부정하지 않은 것이다. 만일 이때 제대로 한판 붙어보자며 모택동에게 대결을 했더라면 어떠했을까? 개인적 명예는 뚜렷하게 얻었을지언정 오늘날의 중국은 아마도 없었을 것이다.

그는 철도노동자와 때로는 트랙터 운전 노동자로 지내면서 왜 갈등하지 않았겠나? 하지만 그는 끊임없이 개혁과 개방을 위한 정책을 구상했다. 여러 번의 고비를 거쳐 모택동이 사망하면서 기회가 주어졌다. 정계에 복귀함과 동시에 실질적인 권력을 잡아 나갔다. 그리고 노동자 생활을 하면서 품었던 실용주의 노선의 개혁개방 정책을 유감없이 펼쳐 나갔다. 죽竹의 장막이 열리자, 중국은 그야말로 파죽지세로 세상의 중심이 되어가고 있다.

명예롭게 죽는 것은 사실 어려운 일이 아니다. 정면에서 투쟁을 하다 죽는 일 또한 어려운 일이 아니다. 가장 쉬운 선택 가운데 하나다. 그러나 치욕을 견디면서 미래를 준비하는 삶은 결코 간단치 않다. 따라서 운동가라면 적어도 소용小勇보다 대용大勇의 의식을 지녀야 한다는 생각이다. 작은 용기를 부각하는 것은 정면에서 싸우다 전사하는 것에 다름 아니다. 너도 살고 나도 사는 상생의 용기야 말로 시대가 요구하는 가치라 확신한다.

물론 공무원 노동운동가들 가운데 일부는 자신과 같은 운동방식을 취하지 않는다고 툭하면 날 폄훼함을 모르는바 아니다. 그런다고 내가 바뀔까? 어림 반 푼어치도 없다. 갈릴레이Galilei가 종교재판에서 신념을 저버리고 나오면서 지동

설을 중얼댔지만, 철학자인 브루노Bruno는 신념을 꺾지 않아 화형을 당했다. 철학을 공부하고 가르치는 내가 꼴통 소리를 듣는 이유다. 공직 철학에 기반한 운동이 되지 않는 한 변함은 없을 것이다.

민중의 삶의 질은 공직자들의 자세에 달려 있다. 길吉한 쪽으로 움직일 것인지? 흉凶한 쪽으로 움직일 것인지? 순전히 의지에 달려 있는 것이다.

고, 행실은 곧 말의 실상"[47]이라는 말이 딱 맞다.

공직의 도는 예나 지금이나 민중을 위하는데 있다. 민중을 위한다는 것은 잘 먹고 잘살게 하는 게 요체다. 이를 담보할 경제와 국방이 기본임은 말할 것도 없다. 먹고 사는 문제와 국방이 튼실해야 궁극적인 목표인 도덕적인 사회를 만들 수 있기 때문이다. 민중의 신뢰 또한 절대적으로 담보가 되어야 한다. 신뢰 없이는 모두가 허상이기 때문이다. 거짓말하지 말아야 한다. 팔랑개비의 손가락은 아직 쌩쌩하다.

47) 『논어집주(論語集註)』, 「선진(先進)」 : 言者行之表, 行者言之實.

생각

이미 저술했던 『변화와 희망을 위한 철학에세이』, 『손에 잡히는 철학』의 일부 내용을 수정 보완하여 인용하였음을 밝힙니다.

정규직과 비정규직

대략 40여 년 전, 서울 홍대 앞의 중국음식점에 처음으로 취업했을 때 월급은 없었다. 이른바 '배달의 달인' 소리를 듣게 되면서, 5천 원씩 받기 시작했다. 주방에서 그릇을 닦는 친구들은 8천 원 정도였고, 요리를 하는 형들은 2만 원에서 3만 원 정도를 받았다. 다들 알고 있듯 음식점의 존립 여부(?)는 요리사의 솜씨(?)에 달려 있다 해도 과언이 아니다.

그런데 어쩌다 요리를 하는 형들이 반란(?)을 일으키거나 부득이 직무를 수행(?)하지 못하게 되는 날이면 북창동이라는 곳에서 하루 날품을 파는 이른바 '일당 요리사'를 고용하는 것이 관행이었다. 물론 그 분들의 요리 솜씨는 천하가 알아주는 수준급의 요리솜씨를 지닌 분들이었지만, 문제는 일당, 즉 '고액의 임금'을 지불해야 한다는 것이었다.

때문에 음식점 주인들은 가능한 이름난 요리사를 일당이 아닌 이른바 '정규직'으로 채용을 하고 싶어 했다. 비용도 적게 들이면서 안정적인 수익을 올릴 수 있기 때문이었다. 하

지만 요리솜씨에 비해 한 곳에 정착하고자 하는 요리사들은 많지 않았다. 며칠만 일하면, 근 한 달을 버틸 수 있을 만큼 돈을 벌 수 있었으니, '비정규직'을 선호한 것이다.

난 때로 그런 분들이 부럽기도 했다. 하지만 중국음식점에서 일하는 게 마음에 내키지 않아 2년 정도 버티다가 탈출에 성공(?)했다. 이후, 여기저기서 잡일(?)에 종사하다 전기공사하는 업체에 취업했다. 기술을 배워 생활하는 과정에서도 정규직과 비정규직의 임금구조는 크게 다르지 않았다. 이른바 '비정규직'의 임금이 훨씬 높았다는 사실이다.

역마살의 팔자(?)로 인해 전기기술자와 가스설비기술, 기계설비 등 각종 설비기술을 익혀 생활하는 동안에도 임금구조는 크게 다르지 않았다. 그러다 언제부터인지 정확히는 모르겠으나 '정규직'과 '비정규직'의 임금체계가 완전히 역전되어 있는 것을 알았다. 일당(?)을 받는 사람들이 저임금을, '정규직'이 훨씬 많은 임금을 받는 구조가 된 것이다.

25년 전, 북아프리카의 리비아에서 노동자로 활동한 적이 있다. 그 곳에서도 이른바 '비정규직'이 '정규직'보다 고임금 체계를 유지하고 있음을 확인한 바 있고, 유럽에서도 이 같은 현상은 오늘날까지 지속되고 있다. 이른바 '3D 업종'에 종사하는 사람들의 임금이 '정규직'의 그것을 훨씬 압도하고 있다는 사실이다. 일종의 '사회안전망'인 셈이다.

오늘날 우리 사회는 임금의 양극화가 갈수록 심화되고 있다. 왜곡도 이만저만한 왜곡이 아니다. 정규직에 종사하면 천당, 비정규직에 종사하면 지옥으로 인식되는 현 상황을 타개하지 못하는 한, 갈등은 지속될 수밖에 없을 것이다. 그 갭gap을 줄이지 못하면서 진보니 보수니 떠드는 것은 개가 풀 뜯는 소리일 뿐이다. 모두가 역지사지 할 때다.

인심은 위태롭고, 도심은 미약하다

옛말에 '인심人心은 위태롭고, 도심道心은 미약하다'48)는 말이 있다. 인간의 존재가 물질적 이욕의 충동이 강한 반면, 도덕적 고양高揚은 쉽지 않아 생긴 말일 게다. 아! 이 말이 질리도록 느껴진다. 때문에 다들 인간성이 회복되고, 인간이 본질인 사회를 지향하는 세계로의 전환을 요구하는 이른바 '인문학 사회'를 요구하는 것이겠지만 쉽지 않아 보인다.

새로운 세상으로의 전환요구는 도덕성을 바탕으로 한 물질의 추구, 시대정신에 부합하는 공동체 의식과 책임의식을 기반으로 한 개인주의, 자연과의 공존과 친화적 관계를 유지하는 인간주의라고 정의해 볼 수 있겠다. 그럼에도 산업화 단계를 넘어 정보화 시대에 깊숙이 자리하고 있는 오늘날에도 여전히 물질만능주의가 판을 치는 것은 문제가 아닐 수 없다.

---

48) 『서경(書經)』, 「대우모(大禹謨)」: 人心惟危, 道心惟微.

'묻지마 방화', '묻지마 폭행', 심지어는 '묻지마 살인'까지 횡행하고 있다. 당하는 입장에서는 "왜 하필 나인가?"라고 팔자타령을 하지만, 결국 빈부의 갈등이 이런 결과를 초래함은 말할 것도 없다. 함께 잘 살거나 못사는 것은 문제가 되지 않는다. 극단極端을 이룰 때, 갈등한다는 점에서 성찰이 요구된다. 오늘날에 맞는 도덕성을 시급히 마련해야 할 때다.

예의와 염치가 있어야

지금으로부터 2700년 전, 관포지교管鮑之交로 유명한 관중管仲(관자管子로 불림)49)이 목민牧民에 관해 이야기를 한바 있다. 그는 지도자의 임무가 다름 아닌 '사계절을 살펴 민중들의 마음이 편한지 어떤지를 잘 살피는 일'이라 주장한다. 집에는 먹거리가 창고에 가득 차고, 나라엔 재물이 많이 쌓이면 멀리 있는 사람도 자연 몰려온다고 하였다. 또 입을 옷과 먹을 양식이 풍족하면, 영광과 치욕도 저절로 안다고 하였다.

관자는 '예의염치禮義廉恥'를 매우 중시했다. 이는 나라를 지탱하는 '네 가지의 밧줄'이라는 의미인데, 하나가 끊어지면 나라가 기울고, 두 개가 끊어지면 나라가 위태로워지며, 세 개가 끊어지면 나라가 뒤집어지고, 네 개가 모두 끊어지면 나라가 망亡한 것이라고 주장했다. 기우는 것은 바로잡을

49) 춘추시대 제(齊)나라의 명재상이었던 관중(管仲,?~B.C.645)은 어린 시절부터 평생 변함이 없었던 죽마고우였던 포숙아(鮑叔牙)와의 깊은 우정을 쌓아 이른바 '관포지교'라는 유명한 고사를 남겼다. 제나라 환공을 도와 군사력의 강화와 상업 및 수공업의 육성을 꾀하여 부국강병을 도모했다. 그의 핵심 이념은 질서(治)와 부강(富强)이다.

수 있고, 위태로운 것은 안정시킬 수 있으며, 뒤집어지는 것도 일으켜 세울 수 있으나, 망한 것은 다시 일으킬 수 없단다.

관자의 영향인지는 모르겠으나 중국인들은 오늘날에도 학교마다 '예의염치'를 강령으로 삼아 교육을 시킨다. 그렇다고 중국인들이 모두 '예의염치'가 탁월하다고 볼 순 없지만 늘 마음속으로 이를 잃지 않으려는 모습은 본받을 점이다. 어찌된 일인지, 하루도 조용한 날이 없다. '지금 바로 여기'에서 '예의염치'가 몇 개나 존재하는지 성찰해야 한다. 예의? 아니면 이미 염치까지? 모두의 안녕을 위해 각자 애쓸 때다.

쇠소리와 경소리가 필요하다

세상이 하루도 잠잠할 날이 없다. 마치 어린 아이들이 장난하는 것 같다. 네 명의 성인이 있다. '백이'[50]는 절개가 천하에 높아서 한 점의 더러움이 없이 살았고(청렴하면 백이), '이윤'[51]은 천하의 일을 책임지고 조금이라도 남에게 미루지 않았다(모두가 내 탓). '유하혜'[52]는 도량이 천하를 용납하여 조금이라도 막히거나 다름이 없이 살았다(모든 것을 자신의 덕

50) 백이(伯夷)는 본래 은(殷)나라 고죽국(孤竹國 : 오늘날의 하북성 창여현 부근)의 왕자였으나, 주(周)나라의 무왕(武王)이 은나라의 주왕(紂王)을 토멸(討滅)하고 주(周)왕조를 세우자, 무왕의 행위가 인의(仁義)에 위배되는 것이라 하여 주나라의 곡식을 먹기를 거부하고, 수양산(首陽山)에 들어가 몸을 숨기고 고사리를 캐어먹다가 굶어죽었다. 유가(儒家)에서는 이들을 청절지사(淸節之士)로 높인다.

51) 은(殷)나라의 전설상의 인물인 이윤(伊尹)은 이름난 재상으로 탕왕(湯王)을 도와 하(夏)나라의 걸왕(桀王)을 멸하고 선정을 베푼 것으로 유명하다. 유가(儒家)에서는 천하의 잘못된 일은 모두 자신의 탓으로 돌리면서 위로는 탕왕을 보좌하고 아래로는 민중을 편안하게 한 것을 높이 평가한다.

52) 춘추시대 노(魯)나라의 현자(賢者)였던 유하혜(柳下惠)는 유하(柳下)에서 살았다고 하여 호(號)가 되었으며, 문인들이 혜(惠)라는 시호를 올려 유하혜로 불렸다. 모든 것을 자신의 덕으로 화합하고자 하면서도 직도(直道)를 지켜 임금을 섬긴 것으로 유명하다. 맹자(孟子)는 그를 일러 성인(聖人) 중의 화(和)한 사람이라고 평했다.

으로 화합하고자 함). '공자'53)는 미루어 옮기고, 변하고, 화합하여 행동거지가 모두 마땅하게 살았다(때에 맞춰 삶).

오래전, 음악에 여덟 가지 소리가 있었다. 그 가운데 한 소리로 연주를 하면 그 소리로 시작하여 그 소리로 마치게 된다. 가령 쇠소리로 시작하면 쇠소리로 마치고, 경소리로 시작하면 경소리로 마치는 것이다. 하모니를 이루기 위해서이지만 순서가 있다. 연주를 할 때에 쇠소리로 시작하고 마칠 때에는 경의 소리로 거두는 것이다. 쇠소리로 시작하는 것(사회엔 어디서나 지도자 필요)은 여덟 소리가 연주되기 전, 반드시 먼저 쇠북을 쳐서 다른 소리를 유인하기 위함이다.

이는 쇠북소리로써 여러 소리의 조리를 시작하는 것이지만, 경의 소리로 거두는 것은 여러 소리가 연주되고 마칠 때가 되면, 경쇠를 쳐서 여러 소리를 그치게 하는 것이다. 경쇠는 여러 소리의 조리를 거두는 것이다. 시작하고 마치는 사이에 여러 소리는 하모니로 작용하지 않는 것이 없다. 이것이 바로 음악을 모아서 크게 이루는 것이다. 사회가 시

53) 인물의 평가에서 두 가지 어려움이 존재한다. 평가를 할 만한 꺼리가 없음에도 평가를 해야 하는 경우와, 제한된 시공간에서 평가할 수 없는 경우가 그것이다. 특히 공자(孔子, B.C.551~B.C.479)와 같은 위대한 철학자의 평가는 거의 불가능하다. 이러한 이유를 전제로 공자를 소개하면 춘추시대의 철학자이자 사상가며 유가(儒家)를 창시한 이로만 거론해 두고자 한다.

끄럽지만 시도하는 이가 있고, 이를 매듭짓는 이도 필요하다. 결단해야 할 때 결단하지 못하면 쇠소리나 경소리나 소용없다.

정치도 전문가가 필요하다

오늘날은 뭐든 전문가시대다. 법률전문가, 의학전문가, 음악전문가, 건축전문가, 경영전문가, 컴퓨터 전문가, 복지 전문가, 심지어는 공직도 전문가(이른바 고시를 패스한 고급관료 등) 시대에 접어든 지 오래다. 그래서 그런지 정치도 사실상 전문가(정치인)가 행사한다. 하지만 정치가 민중의 의식수준을 따라가지 못해서인지 민중들은 이른바 정치전문가들을 선호하기보다는 새로운 인물을 선호하기 바쁘다. 지난 대선과 총선에서는 물론 최근의 시민사회단체에서 활동하던 인사들이 뜨는 것은 이제는 익숙한 일이 되어 버렸다.

이 때문에 각 정당에서는 새로운 인물들을 영입하기 위해 각축전을 벌이기 일쑤다. 그도 그럴 것이 영입대상자들은 하나같이 자신의 영역에서 최선을 다한 덕분에 민중들의 뇌리에 이른바 '전문가'라는 인식이 확고한 인물들이기 때문이다. 말하자면 특정 영역에서 타의 추종을 불허할 만큼, 끊임없는 노력 끝에 자신의 존재를 부각시킨 결과일 것이다.

그렇다면 이러한 부류의 인사들이야 말로 전문가답게 자신의 영역에서 더욱 더 수준을 높여야 마땅한 일 아닌가? 인지도에 매몰되어 정치권에 진출하는 것이 과연 옳은 일인지?

따라서 자신의 영역에서 전문가로 굳건히 자리하던 이들이 정치인으로 변신하면서 성공사례가 얼마나 되는지 따져봐야 한다. 자신은 물론 사회적으로도 엄청난 손실로 이어짐은 말할 것도 없다. 이들의 정계진출로 일정기간 기성 정치인들의 도움을 받을 수밖에 없을뿐 아니라 초보적인 정치로 어마어마한 인적 물적 요소가 투여되어야 함도 무시할 수 없는 부분이다. 또 이들이 수련하는 동안 민중의 기대에 부응하기도 쉽지 않다. 한 인간이 제대로 된 정치전문가로 성장하기 위해서는 무지막지한 시간이 필요함은 이 때문이다.

이러한 사정으로 정치선진국에서는 정치전문가 집안에 정치인이 대를 이어 나오는 데 대해 타산지석으로 삼을 만한 일이 아닐까 싶다. 여하튼 사정이 이러함에도 정치의 문외한이 인지도 하나만을 믿고 정치판에 뛰어들다 보니 소란이 사라질 리 만무한 것은 당연한 일일 것이다. 물론 기성 정치인들이 워낙 민중들의 기대에 미치지 못한 행위들을 마구 저지르다 보니 이런 현상이 빈발하는 것이겠지만 그럼에도 정치는 정치권에서 나름 검증을 통해 역할을 하고 있는 정치인 가운데 중책을 맡기는 것이 마땅하다 할 것이다.

음식점 하나를 운영해도 전문가가 필요한 세상인데, 하물며 나라의 운명을 좌지우지할 수 있는 정치의 영역이란 어떻겠는가? 좋든 싫든 정치권에서 노심초사하며 일정한 경쟁을 통해 검증된 이에게 중책을 맡기는 것이 그나마 실수를 줄일 수 있을뿐 아니라 예측 가능한 정치가 될 수 있으리라 본다. 물론 민중들은 보다 결함이 적고 보다 나은 비전을 제시하는 인사를 선택해야 함은 말할 것도 없다. 이성을 배제한 감성에 사로잡혀 한눈을 팔면서 무책임하게 "3류 정치"니, "정치가 썩었다"느니 비난해봐야 지나간 버스잡기다.

루소[54]도 일찍이 전문가주의를 비판한 일이 있지만, 사회의 모든 부분이 이미 전문가 시대에 깊숙이 침투해 있는데 대해 마냥 동의할 일이 아님은 말할 것도 없다 하겠다. 하지

54) 프랑스의 계몽주의 철학자로 널리 알려진 루소(J. Rousseau, 1712~1778)는 물질과 정신이 공존하는 존재로 보고, 영혼 또한 불멸을 주장했다. 사람의 성품을 선하다고 주장한 것처럼 그는 도덕적 관념을 생득적이라고 보았다. 사회학적으로는 봉건적 전제 지배를 격렬하게 공격하고 부르주아 민주주의를 지지하고 시민의 자유를 강조했다. 사회계약론에 있어서 그는 홉스(T. Hobbes, 1588~1679)와는 달리, 인간의 자연 상태는 만인의 만인에 대한 투쟁이 아니라, 우정과 조화가 지배하고 있다고 설명하고, 이 자연 상태를 회복할 것을 주장했다. 그의 사상은 프랑스의 혁명에 커다란 영향을 미쳤다.

만 '지금 바로 여기'에서 실수를 최소화 하고, 보다 안정적으로 우리의 비전을 굳건히 세우고 진일보하기 위해서는 정치권이 마음에 들지 않더라도 보다 많은 사랑과 관심이 필요함은 물론이다. 배에는 선장이 필요하고 항해사도 필요하며 기관사도 필요하다. 각자가 역할에 충실할 때 안전하게 목적지에 도달할 수 있듯, 정치도 전문가가 필요하다.

개나 소 같은 인사가 정치하면 안 된다

아주 오래전인 중국 한나라의 회남왕 유안劉安[55]이 신선술神仙術을 찾아다니다가 인공人公이라는 신선을 만나 단약 만드는 비법을 전수받았다. 유안은 비법에 따라 정성껏 단약을 만들어 먹자 승천했다. 이를 옆에서 지켜보던 닭과 개가 유안이 만들어 먹다 남은 단약을 주워 먹자 덩달아 승천했다고 한다. 이른바 '계견승천鷄犬昇天'이란 말은 이렇게 해서 만들어졌다고 한다. 요즘말로 하면 '개나 소나 날뛴다'는 말로 표현할 수 있다.

55) 『회남자(淮南子)』를 저술한 회남왕(淮南王) 유안(劉安, B.C.179~B.C.122)은 전한(前漢)의 문제(文帝)와 무제(武帝)때 살았던 인물이다. 그의 아버지 유장(劉長)은 한고조 유방(劉邦)의 막내아들로 기원전 195년에 회남왕(淮南王)에 봉해졌다. 『사기(史記)』나 『한서(漢書)』에 따르면, 그는 문제로부터 낙인이 찍혀 봉국을 몰수당하고 촉(蜀)에 유배 도중 자결한 것으로 나온다. 유안은 기원전 164년에 회남왕으로 봉해졌는데, 그는 어려서부터 책을 많이 읽고 거문고 타기를 즐겨했으며, 사람들에게 은밀히 베풀기를 좋아했다. 나이가 들어감에 따라 아버지의 죽음을 애도하게 되었고, 그도 아버지와 비슷한 길을 걸어, 말년 무제 시대에 모반 사건에 연루되어 자결했다. 그러나 일설에 따르면, 도가(道家)를 숭상하는 그의 행태를 못마땅하게 여긴 유가(儒家)가 유안을 모함에 빠뜨린 것으로 전하기도 한다.

그리스의 철학자 소크라테스Socrates는 요즘 다들 좋아하는 민주주의民主主義를 그리 달가워하지 않았다. 민주주의가 오용되면 자칫 개나 소 같은 인사들이 정치를 하겠다고 날뛴다고 보았기 때문이다. 개나 소 같은 인사들이 정치에 뛰어 들면 어떻게 되겠는가. 정치가 개판되는 것은 시간문제다. 정치가 개판되면 정치가 타락하기 시작한다. 사실 정치만 타락되면 그뿐이지만 그것이 사회 전체를 타락시킨다는데 문제의 심각성이 있다.

그렇다면 사회가 타락되면 어떤 현상이 벌어질까? 이른바 '사회적 약자'로 불리는 이들의 피해로 이어지기 십상이다. 국가가 구성된 근본원리가 '사회적 강자'가 아닌 '사회적 약자'를 위해 구성되고 운영된다는 점에서 문제가 아닐 수 없다. 불과 수십 년 전, 우리에게 원조해주던 필리핀을 보자. 정치가 타락하면서 나타난 폐해가 결국 '사회적 약자'들을 수도 없이 늪의 구렁텅이로 몰아가지 않았는가. 민주주의의 허점이 바로 이런 경우일 것이다.

자정능력이 존재하는 민주주의야 두말 할 게 없지만 올바른 생각을 가진 소수만으로 사회를 유지하기란 쉽지 않다. 사실 그 우려했던 일들이 우리 사회 곳곳에서 나타나는 것을 어렵지 않게 목격할 수 있다. 재물을 통해 정치를 하겠다고 달려드는 인사들이 얼마나 많은가? 그래서 선현들은 정치에 대해 아무나 하는 것이 아닌 '고도의 합리와 봉사정신', '투철한 자기 희생정신', '높은 도덕성이 담보'되지 않는 인사에겐 불가능한 일로 여겼던 것이다.

싸가지가 없다고? 웃기고 있네

예로부터 '동방예의지국東方禮義之國'으로 불리던 우리나라가 언제부턴가 "어른을 공경하는 문화(일종의 경로효친문화敬老孝親文化)가 점점 사라져가는 것으로 보인다."고 미국의 일간 크리스천 사이언스 모니터CSM 지가 지난해 7월 보도한 바 있다. 이런 저런 사례를 통해 볼 때, 한국 젊은이들의 이른바 싹아지(본래 싹+兒枝의 합성어가 변하여 요즘은 이른바 '싸가지'로 불림. 가끔 '싹수'로 칭하는 사람도 있음)가 사라져 가고 있다는 기사였다.

위의 보도대로라면 본래, 우리나라 사람들이 이른바 '싸가지'가 있는 나라였다는 얘기인데, 맞는 말이다. '싸가지'가 있는 정도가 아니라 사실은 지나쳐 부작용에 시달린 적이 어제오늘의 이야기가 아니다. 일부이긴 하지만 '싸가지'가 아직도 잘 유지되는 지역도 있다. 도시인들의 눈엔 도저히 따라하지 못할 만큼 엄격한 삶으로 보이지만, 그들은 몸에 체득되어 불편함이 전혀 없다고 한다. 아니 오히려 우리의 현 '싸가지'에 대해 논하곤 한다.

여하튼, 예로부터 '싸가지'가 있기로 유명했던 나라에서 점차 그 색色을 잃어가고 있다는 것은 문제가 아닐 수 없는 일이다. 그렇다면, '싸가지'가 본래부터 우리나라 사람들에게 유전적으로 존재했었는가에 대해선 좀 고민이 필요하다. 한마디로 결단하면, "우리에게 '싸가지'라는 정서의 유전자는 없었다."이다. 그렇다면 왜 동방예의지국으로 유명해졌을까? 그건 다름 아닌 오바마도 부러워하는 우리나라 사람들의 학문(공부)에 대한 열정 때문이다.

말하자면 '싸가지'가 있어서 예의가 있는 나라가 된 것이 아니라, 끊임없이 공부(세뇌 : 洗腦)를 시켜 예의가 있는 나라가 된 것이다. 문헌을 통해 의역해 보면, 관자가 살던 2700년 전에도 "요즘 애들 '싸가지' 없다"고 했고, 2500년 전의 공자가 살던 때도 "요즘 애들 '싸가지' 없다"고 전한다. 800년 전의 주자朱子도 "요즘 애들 '싸가지' 없다"고 한 바 있으며, 450년 전의 우리의 율곡栗谷[56]선생도 "요즘 애들 '싸가지'가 없다"고 한탄했다.

56) 조선 중기의 철학자이자 정치가로 『동호문답』, 『성학집요』 등의 저술을 남겼다. 현실과 원리의 조화와 실공(實功)·실효(實效)를 강조하는 철학사상을 주로 제시했으며, 『만언봉사』와 『시무육조』 등을 통해 사회의 제도개혁을 주장했다.

오죽하면, 쥐패서라도 무지몽매한 이들을 가르쳐야 한다고 『격몽요결擊蒙要訣』이란 책을 다 저술했겠는가? 필자도 성균관 출신이지만, 요즘 노인 분들은 언필칭 "요즘 애들 '싸가지'가 없다"고 비판하기 바쁘다. 대학에도 크게 다르지 않다. 고학년 학우가 신입생을 향해 "요즘 신입생 애들 '싸가지'가 없다"고 하고 있고, 신입생들은 "요즘 고딩(고등학교 학우) 애들 '싸가지'가 없다"고 한다. 물론 고딩들은 "요즘 초딩 애들 '싸가지'가 없다"고 한다.

맞다. 사람은 원래 '싸가지'가 없는 게 맞는 말이다. 그래서 가르쳐야 한다고 선현들은 줄기차게 주창했다. 거듭 강조하면, '싸가지'가 있어서 예의가 있는 나라가 된 것이 아니라, 가르쳐서 '싸가지'가 있는 나라, 즉 동방예의지국이 된 것이다. 따라서 요즘만 애들이 '싸가지'가 없는 게 아니라 가르침이 부족해서 '싸가지'가 없어지는 것이다. '싸가지' 그거 가르치면 생긴다. 물론 남을 배려하는 데에서 사랑이 나온다는 전인교육, 바로 그것을 가르쳐야 한다.

인문학의 본질

인문학人文學 도시를 만든다고 난리다. 한마디로 인문학 열풍이다. 일부 방송에서는 각계의 전문가들을 모셔다가 토론도 하고 방향도 제시한다. 우리 수원시를 포함한 다수의 자치단체에서는 이미 구체적으로 추진 중에 있다. 그런데 가만히 살펴보면, 정작 인문학의 본질을 이해하지 못하고 진행되는 경우가 문제라면 문제라 하겠다. 왜 인문학을 주창해야 하는지, 본질을 인식하고 접근해야 함에도 개념없이 사업을 추진하는 것이 종종 눈에 띤다. 세상이 물질사회에 깊이 매몰되어 있다 보니, 지엽적이고 말단적인 부분만을 가지고 논의되는 것이다.

인문학은 이른바 '문학·사학·철학文學·史學·哲學' 만을 의미하는 게 아니다. 사회과학이니, 자연과학이니 하는 것은 공부하는 사람들이 편의상 범주화 한 것이지, 그것이 인문학과 부합한다거나 배치된다거나 하는 게 아니다. 사람이 살아가면서 만들어 내는 모든 것이 곧 문文이라는 점을 이해할 수 있다면, 일단 인문학의 단서 정도는 잡았다고 할 수 있다. 끊임없이 변화하는 시대에 사람人들이 만들어 내는 모든 사물들이 모두 문文(본질적으로는 육안으로 볼 수 있는 모든 것이지만 보이지 않는 예술 부분 등도 포함)에 해당되기 때문이다.

인문학의 핵심에 대해 간략하게 일러두면 다음과 같이 설명할 수 있겠다. 세상에는 크게 두 가지의 패러다임이 존재한다. 하나는 정신(도덕)적 지향이고, 다른 하나는 물질(경제)적 지향이다. 가령 정신적 지향이 가속화되면 결국 사물이 극하여 반전하게 된다는 이른바 물극필반[57]의 원리에 의해 물질(경제)을 중시하는 사회로 진입하게 되고, 반대로 물질사회가 지속되다 보면 이 또한 식상해져 물극필반의 원리에 의해 다시 정신(도덕)을 지향하는 사회로 변모하게 되는 것이다. 이와 같이 세상은 자연스럽게 물질과 정신이 상호 교차되는 것이다.

요컨대 중국의 한漢나라는 물질(경제)을 중시하는 사회였으나 당唐나라에 들어서는 정신(인문)을 강조하는 시대의 패

57) 물극필반(物極必反)은 '사물이 극하면 반전한다'는 의미로 우리나라 국기인 태극기의 태극원리와 같은 내용이라 할 수 있다. 흥망성쇠가 반복된다거나 달이차면 기운다(일음일양의 원리)는 것과 같은 논리를 뜻한다.

러다임으로 변모했다. 이백과 두보, 백거이[58]와 같은 큰 시인들이 대거 나타난 것은 자연스런 예다. 우리나라의 경우, 여말선초와 중기까지 물질(경제)이 중시되는 사회에서 반전되어 후기까지 정신(도덕)을 중시하는 사회로 지속된 바 있다. 이러한 구조에서 또 다시 반전되어 오늘날까지 물질(경제)을 중시하는 패러다임 속에 있다. 물질에만 몰입Think hard하는 사이, 정신을 강조하기 시작한 것이 오늘날 인문학 열풍의 이유다.

그러나 우리가 아무리 인문학을 주창해도, 인문학 도시가 정착되고 인문학적인 국가가 되기 위해서는 적어도 20~30년은 지나야 가능할 것으로 예측된다. 관성으로 인해 수없이 많은 시행착오와 저항하는 세력 또한 만만치 않기 때문에 명실상부한 정신(도덕)을 중시하는 인문사회가 되기에는 수많은 시간이 필요할 것이다. 이러한 본질을 꿰뚫지 못하고 "인문학", "인문학"을 외쳐 봐야 지극히 말단(현상)적이고 지엽적인 부분만을 가지고 접근하다 시간만 허비할 가능성이 크다. '인문학 도시'는 물질(경제)적 도시에서 정신(도덕)

58) 당대(唐代)의 대 시인 세 사람을 꼽으면 시선(詩仙)으로 불리는 이백(李白, 701~762)과 시성(詩聖)으로 불리는 두보(杜甫, 712~770), 논리와 개성이 풍부한 작품을 많이 남긴 백거이(白居易, 772~846)를 들 수 있다.

적 도시로의 지향이다.

다시 말하면, 태극에서도 일러주듯 패러다임은 정신(도덕)이라는 부분에서 물질(경제) 쪽으로, 물질은 다시 정신 쪽으로 향한다(일음일양의 원리)는 점을 잊지 않아야 인문학의 본질을 이해할 수 있다. 도덕은 정신적 삶을 풍요롭게 하고, 경제는 물질, 즉 육체적 삶을 풍요롭게 한다. 두 가치가 공히 중요하지만 굳이 따지자면 도덕을 확립하는 일이 무엇보다 중요하다. 하지만 먹고 사는 문제, 즉 경제(물질)을 무시할 수 없기 때문에 육체적 삶이라고 하는 경제(물질)에도 관심을 갖는 것이다. 결론적으로 '인문학은 정신적 삶을 풍요롭게 하자는 것'이다.

때에 알맞은 지도자를 선출해야

옛날 지도자들 가운데 싸우지 않고도 지도자 자리를 물려받아 지도력을 훌륭하게 발휘한 경우가 있다. 어떤 지도자는 싸우지 않고 순순히 물려줬다가 조직 전체를 말아먹은 경우도 있다. 말하자면 어떤 경우는 싸우지 않고 물려줬는데도 조직이 건강하고, 어떤 경우는 싸우지 않았다가 망하는 경우도 있다. 즉 싸움이나 사양하는 데에도 모두가 때와 예禮가 있다는 것이다. 다시 말하면 줘야 할 때와 주지 말아야 할 때가 유효적절해야 한다는 말이다.

집의 마룻대와 들보 같은 큰 나무는 성벽을 쳐부술 때 유용하지만, 작은 구멍을 막는 데는 소용이 없다. 하루에 천리를 달릴 수 있는 훌륭한 준마駿馬라 하더라도 쥐를 잡는 데는 너구리나 살쾡이만 못한 경우가 있다. 부엉이는 밤에 벼룩을 잡을 정도로 세상을 훤히 헤아리지만 낮에는 눈을 아무리 부릅뜨고 난리를 떨어도 산이나 큰 언덕을 구분조차 하지 못할 만큼, 능력을 발휘하지 못한다. 모두가 때와 주변

의 정서가 맞아야 한다는 얘기다.

이치가 이러함에도 일부 특정 세력의 이로움을 위해 지도자가 되려한다면 이를 어찌해야 하겠는가? 음(욕심)만을 좇고 양(다수의 권리)을 무시하는 것과 같다. 이런 의도로는 도저히 뜻대로 되지 않는다. 그런데도 여전히 주장한다면 바보59)거나 속임수에 불과하다. 당대 풍습에 대한 패러다임 속에서 거역하려는 사람을 역사에서는 찬탈자라 하고, 시대의 조류에 부합하여 움직이는 것을 정의라 불렀다. 귀천과 대소가 유효적절해야 한다는 것이다.

---

59) 오늘날에는 지능지수가 낮거나 또는 기대에 미치지 못한 행위를 할 때, 보통 '바보'라고 지칭하지만, 본래의 '바보'는 그런 의미가 아니다. 바보의 어원이 '밥보'에서 비롯된 것처럼, 눈만 뜨면 먹는 것만 찾는 이를 '밥보', 즉 '바보'라고 하는 것이다. 바보의 반대되는 말은 '심보'가 있다. 예로부터 선현들은 '밥보'를 키우지 말고 '심보'를 키우라 했는데, 오늘날에도 유효한 말씀으로 들린다.

예로부터 우리네 정서에서 인재를 발탁하는 기준은 다양했다. 간단하게 사람에 대한 판단을 보다 쉽게 하기 위해 '신언서판身言書判'의 원리를 가지고 이용하곤 했다. 서판(일종의 주객관적 시험)을 먼저 시험하고, 면접 비슷한 제도(신언)를 통해 과거의 행적이 정직하고 성실했는지를 살피는 것이다. 특히 지도력에 대한 자질을 논할 때는 지혜와 믿음, 인자, 용기, 엄격함 등이 존재하는지를 살폈다. 진실로 지도자감이 될 수 있는지를 본 것이다.

주나라 정치, 대동과 소강사회

제도에 의한 인치人治

따지고 보면 사람의 삶도 얼마간 엔트로피 법칙60)에 적용되곤 한다. 적어도 지금의 세상엔 그렇다. 갈수록 개판이 되어가고 있다. 그래서 선현들은 싸가지(인륜도덕)가 없는 세상이라 탄식한 모양이다. 요즘 세상 바라보는 식으로 보면 즉각 반증된다. 물론 싸가지가 없다고 싸가지가 있는 세상으로의 회귀를 바라는 부류가 세상을 주도하면 정신을 추구하는 세상이 되곤 했지만 여전히 엔트로피 법칙의 구도에서 벗어나지 못한다. 제도의 정치와 대동과 소강사회를 보자.

60) 열역학 제2법칙인 엔트로피(Entropy) 법칙은 우주 안의 모든 것은 일정한 구조와 가치로 시작해서 무질서한 상태로 나아가며, 이 방향을 역으로 되돌리는 것은 불가능하다. 엔트로피 법칙에 따르면, 지구상 어디서든 질서를 창조하기 위해서는 더 큰 무질서를 만들어내야만 한다. 이 법칙은 역사가 진보의 과정이라는 가설뿐만 아니라 과학과 기술이 유질서한 세계를 창조할 것이라는 가설도 부인한다.

애공이 정치에 대해 묻자, 공자가 이르기를, "문왕과 무왕의 정치는 방方과 책策에 기록되어 있으니, 그러한 사람이 있으면 그러한 정치가 이루어지고, 그러한 사람이 없으면 그러한 정치는 종식된다. 사람의 도道는 정치에 민감하고 땅의 도는 나무에 예민하니 무릇 정치란 창포와 갈대 같은 것이다. 그러므로 정치를 하는 것은 사람에게 달려 있으니, 사람을 취하는 데는 몸으로서 할 것이요, 몸을 닦음에는 도로서 할 것이요, 도를 닦음에는 인仁으로서 해야 한다."[61]

여기서 주의해서 봐야할 것은 공자가 '정치는 사람에 달려있다' 하여 정치에는 마치 제도가 필요 없다는 식으로 봐서는 안 된다는 점이다. 공자는 주나라 정치의 폐단을 구하려 한 것이며, 그것을 방책方策(정사의 기초가 적혀 있던 전적)과 함께 없애버리려 한 것이 아니라는 것이다. 그의 정치사상은 '주周나라를 따르겠다는 것과 인仁을 숭상한다.'는 두 가지 주장이 핵심이다. 이는 상호 배척이 아닌 보완적이다. '주나라의 문화를 찬미'했던 것을 볼 때 알 수 있다.

61) 『중용(中庸)』 제20장 : 哀公問政, 子曰, 文武之政, 布在方策, 其人存, 則其政擧, 其人亡, 則其政息. 人道敏政, 地道敏樹, 夫政也者, 蒲盧也. 故爲政在人, 取人以身, 修身以道, 修道以仁.

말하자면 공자는 '주'나라의 도(道 : 문화)가 훼상되는 것을 애석하게 여겨 인치人治=仁治로써 방책의 폐단을 구하고자 했던 것이다. 또 '군자'를 강조한 것을 두고 인치로서 법치를 대체한 것으로 잘못 이해하는 경우가 있으나 이는 오해다. 오히려 법치 속에서 인치를 덧붙인 것으로 해석하는 것이 옳다. 또한 후세 사람들이 인치와 법치를 대비시키고 서로 용납할 수 없는 두 개의 방법이라 오인하여 공자가 마치 제도를 버리고 인륜도덕에만 힘썼다고 주장하는 것도 오해다.

대동大同과 소강小康사회

대도大道가 행해지던 때 천하는 공공의 것이었다. 임금이 된 자는 어질고도 유능한 자를 가려서 그것을 전수했다. 신의를 강명講明하고 화목하게 하는 길을 닦았다. 그러므로 사람들은 홀로 그 어버이만을 친애하지 않고 홀로 그 자식만을 자애하지 않았다. 늙은이로 하여금 안락하게 수명을 마칠 수 있게 하고, 장년의 사람은 그 힘을 발휘하게 하며, 어린이는 건전하게 자라날 수 있고, 홀아비, 과부, 고아나 자식이 없는 사람, 불구자 등도 모두 충분히 그 몸을 기르게 했다.

남자는 일정한 직분이 있고, 여자는 시집갈 곳이 있었다. 재화財貨가 땅에 버려지는 것을 싫어하지만 반드시 자기를 위해서 사사로이 취하거나 감추지 않았다. 힘이 그 몸에서 나오지 않는 것을 싫어하지만 반드시 자기 한 몸만을 위하지는 않았다. 이와 같기 때문에 간특한 계략이 폐색閉塞되어 일어나지 못하고, 도적盜賊과 난적亂賊이 절멸하여 일어나지 못했다. 그렇기 때문에 사람마다 대문을 잠그지 않게 되었다. 이것을 이른바 '대동사회大同社會'라 일컫는다.

이제 큰 도는 숨어서 행해지지 않는다. 천하는 집을 위해서 있게 되었다(임금이 나라를 어진 이에게 전하지 않고 자기 자손에게 전하는 세상을 뜻함). 사람들은 저마다 자기 어버이만을 친애하고, 자기 자식만을 사랑할 뿐이었다. 재화를 거두는 것도 힘을 내는 것도 모두 자기 한 몸만을 위해서였다. 군주는 세습으로 전하는 것을 예로 삼고 성곽을 쌓고 못을 파서 방비를 강하게 하였다. 예의를 만들어 나라의 기강을 삼아 군신사이를 바르게 하고, 부자 사이를 돈독케 했다.

형제 사이를 화목하게 하며, 부부 사이를 화합하게 했다. 제도를 만들고 마을을 세우고 용맹과 지혜를 숭상하고 공업을 세우는 것도 자기만을 위해서였다. 그러므로 계략은 이것을 위해서 일어났으며, 병혁兵革도 이것에 의해 일어났다. 이때를 당하여 우·탕·문·무·주공은 예의禮義로 세상을 교화하였으니, 이것이 삼대三代의 영명한 선택이다. … 이것을 이른바 '소강사회小康社會'라 한다. '대동사회'와 '소강사회'를 지나온 지금, 과연 우리는 어떻게 세상을 변화시킬 것인가?

폭력의 상호관계

라이오스와 오이디푸스

테베 왕의 아들인 오이디푸스Oedipus는 아버지를 죽이고 어머니와 혼인할 것이라는 신탁 때문에 태어나자마자 버려진다. 코린트의 왕에 의해 거두어져 성장한 오이디푸스는 예언에서 벗어나기 위해 고국을 떠나 여행하던 중 길 위에서 사소한 일로 한 행인과 싸우다가 그를 죽이게 된다. 살해당한 사람이 그의 아버지인 라이오스Laios 왕이지만 그는 그 사실을 까맣게 모르고 산다.

테베의 사람들을 괴롭히던 괴물 스핑크스의 수수께끼를 맞춤으로써 스핑크스를 죽게 하자, 감사의 표시로 테베 사람들은 오이디푸스를 왕으로 맞아들이기로 선포하고, 오이디푸스는 여왕인 이오카스테Iocaste와 혼인한다. 신탁은 실현되었다. 태평을 구가하던 테베가 페스트가 창궐하여 많은 사람이 죽자, 그는 신이 분노하여 그렇다고 생각하고 라이오스의 살해자를 찾기로 결심한다.

그리고 꼼꼼한 조사 끝에 바로 자기 자신이 범인이라는 것을 알게 된다. 엄청난 비극 앞에서 왕비 이오카스테는 목을 매고, 오이디푸스는 자기 눈을 찔러 스스로 장님이 된다. 그리고 딸 안티고네의 손에 이끌려 광야를 헤맨다. 모든 것을 다 가진 것으로 여겨졌던 오이디푸스는 모르고 있던 사실을 알게 됨으로써 한 순간에 운명이 뒤바뀌어 왕에서 눈먼 거지 신세로 떨어졌다.

폭력의 상호관계

『오이디푸스』의 저자인 소포클레스는 오이디푸스에게 욕망과 의혹의 모든 행위들 중에서 어떤 점이 아버지와 동질적인가를 확인하려 한다. 오이디푸스가 파멸을 초래하게 될 수rhetoric에 대해 무분별하게 접근하는데, 그것은 왕국의 어디엔가 암살자, 다시 말해 테베의 왕권과 이오카스테Iocaste의 침대를 차지하고자 하는 또 다른 남자가 숨어있다는 주장이 부친과 동일한 구조를 확인한다.

결국 오이디푸스가 라이오스를 죽이지만 애초에 오이디푸스를 죽이려 했던 사람은 바로 라이오스였으며, 친부 살해의 현장에서 오이디푸스를 향해 먼저 팔을 올린 사람도 라이오스였다. 구조적으로 이 친부 살해는 상호폭력에 해당된다. 보복의 세계에서 이것은 하나의 보복일뿐이다. 소포클레스가 해석하는 바대로 오이디푸스 신화 속에서 모든 남성들의 관계는 상호 폭력의 관계를 띠고 있다.

가령 '신탁에 의해 영감을 받은 라이오스는 오이디푸스가 테베의 왕위와 이오카스테의 침대 사용권을 빼앗길까 두려워 폭력으로 내쫓는다', '신탁에 의해 영감을 받은 오이디푸스는 라이오스를, 다음은 스핑크스를 폭력으로 물리치고 그 자리를 차지한다', '신탁에 의해 영감을 받은 오이디푸스는 자신의 자리를 차지하려고 꿈꿀지도 모르는 또 다른 어떤 남자의 파멸을 계획하는 것' 등이다.

이성의 기능으로 돌파할 때

다시 간략하게 라이오스와 오이디푸스의 관계를 보면, 상호 대립하는 '폭력관계'임을 알 수 있다. 분노한 오이디푸스는 경쟁자를 탈신비화demystifier 하려고 온갖 계책을 만들어 낸다. 일례로 가짜 예언자에 불과하다는 것을 증명하여 왕권과 이오카스테의 침대 사용권을 지속하려 애쓴다. 폭력의 한 단면일 따름이지만 주저하지 않는다. 폭력은 가족뿐만 아니라 사회에서도 그대로 적용된다.

권력을 취하기 위해 온갖 악랄한 방법들이 동원되는 것을 보라. 도덕과 윤리 따위는 아랑곳없다. 자신의 존재만 부각시키기 바쁠뿐, 상대를 배려하려는 자세는 좀처럼 찾아보기 어렵다. 무엇이 이토록 졸렬한 사회가 되도록 하는 것인가? 엔트로피법칙entropy law이라 치부하기엔 너무도 각박하다. 이성의 기능function of reason을 명확히 인식하여 상생할 수 있는 폭력을 구사하면 어떨까?

나무에선 물水이 오르고, 질병을 막아내기 위해 불火은 내려가기도 한다. 또 물고기가 상류로 향하는 행태는 이성의 대표적 기능들이다. 생명이 있는 모든 것은 이처럼 역행하려 한다. 자연에 순응하면 살고 역행하면 살아남지 못한다고 하는 말은 바로 이성의 기능을 두고 하는 말이다. 순응과 역행이 상호 대립관계이지만 특히 생명력은 이성의 산물이다. 역설적이게도 반역反逆이 필요하다.

우리 사회의 경쟁에 대한 단상

참을 수 없는 존재의 가벼움

참을 수 없는 존재의 가벼움. 이 말은 밀란 쿤데라의 소설 제목이기도 하다. 그런데 한편으로 보면 현대인들은 참으로 진지하고 무겁게 보인다. 심각할 정도로 진지하고 무겁다. 물론 그 진지함의 대상이 다르기는 하지만. 여하튼 현대인들은 경쟁競爭에 대한 진지함으로 똘똘 뭉쳐있다. 때론 한 치의 허점이나 오점汚點도 용납하지 않을 만큼, 섬뜩할 정도로 진지하기 짝이 없다.

경쟁, 그 자체가 꼭 문제가 되는 것은 아니다. 문제는 정신적인 선의의 경쟁, 즉 의리義利의 경쟁이 아닌 물질적 경쟁, 즉 경제적인 경쟁에만 치우쳐 있다는 게 문제라면 문제다. 비근한 예로 자신의 육체를 꾸미는데 있어서의 진지함을 보자. 세상에서 두 번째라면 서러워할 정도다. 우리의 성형외과 의사는 이미 세계적으로 그 기술력을 인정받고 있는 것을 보면 이해하고도 남을 만하다. 하지만 내면을 보면 거의 무게감을 상실해 가고 있다.

알베르 카뮈는 현대인들의 삶을 '시지프스의 노동'에 비유한 적이 있다. 무거운 바위를 산 위로 올리면 굴러 떨어져서 다시 올리는 시지프스의 노동 같은 삶이 반복되고 있다는 것이다. 실제로 자신의 존재가 삶의 가치를 얼마나 차지하고 있는지에 대한 진실한 고민은 없이 오직 자신의 행복만을 위해 물질적 경쟁이 지속되는 것은 안타까운 일이다.

요컨대 대학 입학을 위해, 취직과 취업을 위해, 승진을 위해 끊임없이 경쟁에 뛰어 들고 있다. 그러나 이러한 도식으로는 미래의 행복을 보장하기보다는 오히려 계속 행복이 뒤로 미뤄질 수밖에 없다. 경쟁은 새로운 경쟁을 낳기 때문이다. 시지프스의 노동에서 벗어날 수 있는 것은 어디선가 그 악순환의 고리를 끊어야만 한다. 자신의 삶에 대한 성찰만이 거대한 바위로부터 탈출할 수 있다.

의리義利란 무엇인가

우리의 전통사상은 인간의 도덕성을 신뢰하는 기반위에서 참된 인간의 도리를 사회에 실현하고자 한다. 성선性善에 대한 확고한 신념을 전제로 개인적으로는 지속적인 수양을 통하여 인격을 완성하고, 사회적으로는 평화공존의 '대동사회大同社會'를 지향한다. 이러한 인간의 본질에 대한 올바른 인식과 가치판단을 갖고 구체적인 현실에서 상황에 알맞는 인간의 도를 실천하고자 하는 것이 의리다.

올바른 의리의 실천을 위해서는 확고한 자기 인식이 전제되어야 한다. 인간의 내면에는 본성에 대한 참된 인식이 자신에 머물지 않고 만인과 소통할 수 있는 보편적 세계가 있기 때문에 타인과의 조화, 더 나아가 만물과 공존할 수 있는 경지로 나아간다. 이러한 상호공존의 존재 근거를 올바르게 인식한 참된 자신은 어느 누구의 자주성도 침해하지 않는다. 의리사상은 공동체 의식이 담겨있는 것이다.

인간은 정신과 육체를 함께 갖추고 있다. 따라서 생리적 차원에서는 '물질적 가치'가 도덕적 차원에서는 '정신적 가치'가 요구된다. 또한 현실에서는 가치 체험이 동시에 일어날 때, 갈등이 야기되고 가치의 서열과 체계의 문제가 나타나기 쉽다. 그리고 육체적 욕구의 성향에서는 가치의 강약強弱문제가 나타나지만, 도덕적 정신의 성향에서는 가치의 고저高低의 문제가 나타나는 것이 일반적이다.

즉 정신적으로 높은 가치는 일상에서 물질적 욕구가 약하게 체험되기 쉽지만, 낮은 가치는 물질적 욕구가 강하게 체험되는 것이 일반적인 현상이다. 따라서 도덕적으로 바르게 한다는 것은 일상생활 속에서 물질적 욕구가 강하게 체험되는 가치를 물리치고 정신적으로 높은 가치를 실현하려는 태도가 요구된다. 현실에서 강하게 체험되는 육체적 욕구를 극복한다는 것은 그 만큼 어려운 일이기 때문이다.

현대사회와 의리義利

정신적 가치인 의義와 물질적 가치인 리利에 대한 가치판단과 선택의 문제는 의리실천의 선결문제다. 따라서 의리사상에서는 이 두 가치의 분별을 매우 중시할 수밖에 없다. 이는 의리를 중시하는 가치관에는 물질적 가치가 적당히 충족되어야 하고, 물질을 강조하는 가치관에는 도덕적 가치가 충분히 보충되어야 한다. 의리사상의 궁극적 목표가 바로 '물질세계와 정신세계의 조화'이기 때문이다.

이러한 의리사상의 본질을 무시하고 지나치게 정신적 도덕만을 강조하는 경쟁에 몰두한다면 경제적 실용성을 외면하고 산업발전의 저해요소로 작용할 수밖에 없기 때문에 의리사상의 본질이 될 수 없다. 이와는 반대로 지나치게 물질적인 경쟁에만 몰입한다면 이 또한 고유한 인간성을 상실하고 물질이 인간의 삶의 목표가 되는 가치 전도현상이 일어나 결국 시지프스의 노동에서 벗어날 수 없게 된다.

과학기술을 바탕으로 하는 현대사회의 근본적 가치관은 이利를 중심으로 하는 가치의식이 정초되어 있다. 개인과 사회, 국가와 민족의 관계에 있어서도 가장 기본적인 문제는 자신의 이익을 위한 실리추구에 있다. 물질이 극에 달해가는 이른바 경제적 인간관을 이상으로 삼을 정도다. 그러나 이러한 경제적 실리를 중심으로 한 가치관은 동시에 새로운 모순과 갈등으로서의 병리를 유발하기 쉽다.

정신세계와 물질세계의 조화를 지향하는 의리사상에서 두 가치가 대립할 때, 선현들은 정신세계에 더 가치를 두었다. 이는 물질적인 부분에 무가치성을 의미하는 것이 결코 아니다. 경제적 기반의 중요성을 충분히 인식하고 공감하지만 보다 값진 삶을 위해서 도덕적 인격성에 더 비중을 둔 것이다. 이러한 정신의 우선적 가치는 물질이 만능으로 치닫는 현대사회의 제 문제들을 극복할 수 있는 원동력이다.

전인교육全人教育으로 돌파할 때

일찍이 다니엘 디포우가 언급한 것처럼, 서양의 문화는 '개인중심'에 의하여 이루어진 것이며, 자연을 정복하여 오직 '나' 하나만을 위한 인간과 그 인간에 적합한 합리주의적 사고를 지향해 나가는 이른바 개체주의적 문화라 할 수 있다. 이와는 달리 동양문화는 '나'라는 존재에 앞서 '타인'을 배려할 줄 아는 공동체 성격이 강한 농경중심의 문화다. 이는 자연을 대하는 것에서도 확연이 다르다.

개인 중심의 사고는 공동체의 삶을 생각하기에 앞서 타인에게 뒤지지 않으려고 하는 경쟁심리가 당연히 뒤따를 수밖에 없다. 이는 개인 우월의식에서 촉발되는 전쟁과 자연을 정복의 대상으로 삼은 결과, 각종 환경파괴와 오염이 전 지구적 차원의 문제로 나타났다. 자연에 대한 경외심이 강한 동양문화는 이제 문명의 주체가 될 후진들에게 모든 것을 타개해 나갈 수 있도록 전인교육이 필요하다.

우리의 전통사상에서 교육에 대한 이념은 인륜을 밝히는 인간교육과 균형잡힌 전인교육에 중점을 두어 왔다. 이는 순수한 인간의 본질과 보편적인 인간의 존엄성에 대한 신뢰를 바탕으로 인간의 주체성을 밝히고 정의로운 사회를 구현具現하려는 이념이다. 즉 우리의 전통사상이 논리적이고 분석적인 이론과 지식보다는 도덕적인 인격수양으로서의 실천교육에 더 큰 의미를 부여한 것이다.

현대사회에서 성장과 발전이라는 미명하에 과도한 경쟁의 결과, 심하게 손상된 것이 바로 전인교육이다. 이제 더 이상 지식일변도의 교육이 되어서는 곤란하다. 올바른 인격으로 연마된 인간만이 현대문명이 안고 있는 병폐를 극복할 수 있다. 도덕적 심성을 바탕으로 지적 창의성, 예술적 감각, 사회적 공존의식 등이 균형 있고 조화된 인간교육만이 시지프스의 노동에서 해방될 수 있을 것이다.

부메랑

부메랑은 원래 호주濠洲의 서부와 중부의 원주민들이 주로 사용했던 무기라고 한다. 주지하듯 이 무기는 기역 자 모양의 나무 막대기로 만들어졌는데, 빙글빙글 회전하면서 날아간다. 목표물을 맞히지 못하면 원을 그리며 던진 사람에게 되돌아오게 되는데, 부드럽게 생긴 모양과는 달리 상당한 위력이 있어서 사냥할 때나 경우에 따라선 전쟁에서 무기武器로 사용되었다고 한다.

던지면 다시 던진 사람에게 되돌아오는 것을 보편적으로 '부메랑'이라고 한다. 그러나 이때의 '부메랑'의 의미는 본래 가지고 있는 '부메랑'의 의미와는 다소 차이가 있다. 즉 본래의 '부메랑'은 매우 긍정적인 것이지만, 우리가 일상에서 쓰는 '부메랑'은 사실 그 반대의 의미를 가지고 쓰는 일이 많다. 말하자면 자신이 했던 일이 업보로 작용하여 벌을 받을 경우, 이 말을 쓰곤 한다.

요즘 세상 참 편해졌다고 한다. 역설적으로 표현하면 세상 참 복잡해졌다고도 할 수 있는 말이다. 과거 수년에 걸쳐 하던 일들을 요사이는 불과 며칠이면 뚝딱 해치우는가 하면, 교통수단이 하루가 다르게 변해 어지간한 거리는 한나절이면 접할 수 있게 되니, 그리 표현해도 무리가 없어 보인다. 모든 것이 속도 전쟁을 벌이면서 생활환경 또한 급변하고 있다. 뭘 더 언급하겠는가?

그래서 그런지 요즘 사람들은 점점 더 가벼움만 추구하는 듯한 모습이다. 복잡하고 고민스러운 것은 아예 관심조차 없어 보인다. 시대의 리더들 또한 예외가 아니다. 어려운 작업이라든가, 희생이 따를 만한 일들(?)은 피하려고만 하지, 그러한 것들에 대해 적극적으로 고민하고 해결할 방도를 찾는 모습이 드문 것은 안타까운 일이다. 우리 사회의 현 병리현상과 무관치 않다.

글을 읽는 것도 마찬가지다. 지극히 가볍고 말초적인 것들만 선호하고, 고민과 인내를 요하는 역사歷史에 관한 글이라거나 이를 바탕으로 한 고도의 합리적 판단을 요하는 철학적哲學的인 글들은 아예 거들떠보지도 않는다. 오히려 자신의 삶과 전혀 관계없는 것으로 치부하고 비판하지 않으면 다행일 정도다. 사람들이 온통 가벼움만 추구하다보니 이런 현상을 낳은 것일 게다.

사람이 세계관을 제대로 옹립하고 존립하기 위해선 문학 관련 저술 3백 권, 역사관련 2백 권, 철학 관련 1백 권 이상을 섭렵(?)해야 한다는 말들을 한다. 나는 요즘 이 말이 그 어느 때보다 절실히 들리고 있다. 결코 빈말로 들리지 않는다. 요즘처럼 가벼움만 추구하는 시대에서 전혀 어울릴 것 같지 않은 이 말이 나에게는 몹시 절실하게 다가오고 있으니 긴장하지 않을 수 있겠는가?

세상은 점점 쉬운 세상으로 가고 있다고 사람들은 쉽고 가볍게 말한다. 하지만 앞에서도 언급했지만 역설paradox적으로 표현하면, 세상은 점점 더 복잡하고 힘든 세상으로 가고 있다는 쪽으로 이해하는 것이 적절한 지적일 것이다. 말하자면 세상은 점점 더 복잡하고 고도의 지적 수준을 요하는 세상으로 가고 있으니, 보다 철저히 대비하라는 메시지로 받아들여야 한다는 얘기다.

그럼에도 우리는 온통 가벼움만을 추구하고 있다. 때가 되면 '부메랑'이 되어 우리를 옥죌 것임에도 아랑곳 하지 않는 모습들이니 미치고 환장할 일이다. 하루하루 끊임없이 고민하고 매달리지 않으면 우리는 우리가 던진 '부메랑'에 결국 맞아 죽고 말 것이다. 가볍고 편한 것만을 추구하는 사람들, 가장 가볍고 가장 빠르게 '부메랑'이 되어 돌아온다는 사실을 잊지 말아야 한다.

시대의 리더들이여! 예의 세상을 만들자

시대의 리더가 되었든 학자가 되었든 추구하는 목표는 결국 '예藝의 경지'에 이르고자 하는데 있다. '예'의 경지는 도덕道德의 경지요, '도덕'이 완비된 경지는 '인仁'이 활성화된 세상이다. 선현先賢들이 '행할 것은 도'라 이르고, '행하여 얻은 것은 덕'이라 이르며, '도와 덕'이 구비됨을 '인'이라 강조한 것도 이와 같은 목표의식 때문이다.

시대의 리더는 예로부터 정치인으로 규정했다. 지위에 따른 직무영역이 다를뿐이지, 확충擴充하고자 하는 마음은 다르지 않다. 따라서 '도'는 '인도'를 실천해야 하고, 그것을 끊임없이 쌓아 '덕'으로 전환시켜야 한다. '도'와 '덕'이 완비되면 자연스럽게 '인仁한 환경에서 '예藝'를 뽐내면서 놀 수 있다. 리더들이 눈을 크게 떠야 하는 이유다.

법치가 만능은 아니다

지도자가 국가를 운영하는데 있어서 중시해야 할 점은 무엇보다 민중이 선善을 행하고 악惡을 멀리하게 하는데 있다. 때문에 지도자는 민중을 '선'으로 인도함에 있어서 법령만으로 하지 않고, 먼저 자신의 '밝은 덕을 갈고 닦아 이를 근본으로 삼아' 민중이 '선'을 행하고 '악'을 멀리하도록 솔선수범率先垂範하는 것이다.

민중은 예로부터 지도자로부터 거울 삼는다. 지도자가 솔선率先하여 법령보다 덕德으로써 민중을 다스려 나가려는 의지를 표출하면, 민중은 이를 그대로 본받아 따른다. 그럼에도 지도자가 법령으로만 다스려 나가고자 하면, 따르지도 않을뿐더러 민중은 애써 빠져나가려고만 하거나 법령을 어기고도 부끄러워하지 않는다.

정치와 형벌, '덕'과 '예'가 민중을 감동시키는 기제임에는 틀림없다. 민중들이 여기에 응함에 따라 법치와 덕치로 나누어진다. 그러므로 지도자는 무엇이 근본이고 무엇이 말단

인지 명확히 인식하여 중시할 것과 경시할 것을 엄밀히 구분하여 우선순위에 따라 다스려야 한다. '덕'과 '예'를 중시하는 이유가 여기에 있는 것이다.

어찌 위태로운 나라가 아니겠는가?

나라에 도道가 있을 땐 말을 강직하게 하고 행실도 강직하게 하지만, 나라에 '도'가 없을 땐 행실은 강직하게 하되 말은 공손하게 해야 한다는 말이 있다.[62] 쉽게 얘기해서 나라에 '도'가 있을 땐 지식인들의 언행이 별 문제가 없지만 '도'가 없을 때는 문제가 아닐 수 없다. 말하자면 나라에 '도'가 없을 땐 지식인들의 몸가짐이 쉽게 변해도 안 되지만 그 말을 함에 있어서는 다 때가 있으므로 감히 다하지 않아야 화禍를 면할 수 있다는 이야기다.

이를 역으로 나라를 다스리는 자의 입장에서 보자. 지식인들이 나라를 위해 고언苦言을 함에 있어서 주저하지 않는 모습들이라면 건강한 나라라고 판단할 수 있지만, 제대로 된 지식인들이 나라에 대해 온갖 공손한 말들만 골라 하고 있다면 문제가 있음을 인식해야 한다. 곧 '나라가 위태로워

62) 『논어(論語)』, 「헌문(憲問)」: 邦有道, 危言危行. 邦無道, 危行言孫.

짐을 암시'하기 때문이다. 이는 국가라는 조직뿐만이 아니다. 어떤 조직이든 구성원들이 말을 아끼고 조심하고 있다면 위태로운 조직임을 각성覺醒해야 한다.

우리나라는 어떤가. 과연 건강한 나라라고 할 수 있을까? 의문이다. 나라를 걱정하는 목소리들이 여기저기서 들린다. 그런 의미에서 아직은 가능성이 있다. 하지만 문제는 그 비판의 목소리들이 왜 나오는지 찰미察微[63]하여 처방을 하기보다는 도리어 재갈을 물리려는 현상들이 마구 나오는 것은

63) 진(秦)나라 때, 여불위(呂不韋, B.C.290~B.C.236)에 의해 지어진 『여씨춘추(呂氏春秋)』에 나오는 말로, '작은 부분을 잘 살펴야 함'을 뜻한다. 가령 암세포를 초기에 발견하면 치유하기 쉽듯, 사태가 커지기 전에 조기에 기미(幾微)를 파악하는 것이 중요하다는 의미다.

아무리 봐도 온당하지 못한 처사로 보인다. 지식인들이 비판을 자제하고 있거나 말을 가려 하기 시작하고 있는 것을 기쁘게 받아들여서는 결코 약이 없다.

충언은 고언이다. 귀에 거슬린다. 듣기 싫은 게 인지상정이다. 그러나 입에 단 것만 주야장천 먹어 보라. 맛도 없을뿐더러 몸을 망치는 것은 시간문제다. 약초와 독초를 가려야 한다. 먹기 곤란하다고 써서 싫다고 오로지 단 것만 찾는 것은 자신을 위해서나 나라를 위해서나 바람직하지 않다. '지금 바로 여기here and now'에서 제대로 살펴야 한다. 지식인들이 말을 가려하는지 아니면 아예 등지고 피하려 하는지 성찰해야 한다. 오로지 나라를 위해서.

무식하면 용감하다?

『장자』에 다음과 같은 말이 있다. “당신은 사마귀를 아는가? 그는 팔뚝을 휘둘러 수레에 맞선다. 제 힘으로 감당할 수 없음을 모른다. 이런 것을 자기 재능의 훌륭함을 자랑한다고 하는 것이다. 경계하고 삼가야 한다. 자신의 훌륭함을 자랑하여 상대방에게 거역하면 위험하게 된다.”64)

사마귀는 사람의 눈으로 보면 특이한 곤충 가운데 하나다. 수레가 와도 피하지 않고 버틴다. 아니 두 팔을 번쩍 들어 덤빈다. 그래서 잘 깔려 죽는다. 이 녀석은 사람이 건드려도 마찬가지다. 피하기는커녕 사람을 향해 위협도 불사하며 싸울 태세를 갖춘다. 그래서 종종 맞아 죽는다.

사마귀는 자신의 처지는 아랑곳 않고 자신의 재능이나 용감성만 믿고 덤빈다. 그래서 제대로 된 상대를 만나면 맞아 죽기도 하고 깔려 죽기도 한다. 사람도 주의해야 한다. 자신

64) 『장자(莊子)』, 「인간세(人間世)」 : 汝不知夫螳螂乎. 怒其臂以當車轍. 不知其不勝任也. 是其才之美者也. 戒之愼之. 積伐而美者以犯之, 幾矣.

의 힘만 믿고 상대를 깔보는 경우다. 힘 있는 사람을 만날 경우, 무참히 당할 수 있음을 잊지 말아야 한다.

용맹보다 의가 먼저다

공자는 훌륭한 제자들이 많았다. 그러나 모두가 지혜롭지는 않았다. 돌쇠형의 자로라는 제자도 있었는데, 그는 어느 날 '군자는 용맹을 숭상합니까?'하고 물었다. 공자는 '군자는 의義를 으뜸으로 삼는다. 군자가 용맹만 있고 의가 없다면 난亂을 일으키고, 소인이 용맹만 있고 의가 없으면 도적질을 할 것'이라 답했다.

풀어보면 자로는 자신의 용맹만 믿고 천하의 일이 용맹만 있으면 되는 줄 알고 선생님께 물은 것이다. 공자는 '군자는 의로 으뜸을 삼으니 의에 비추어 보아 마땅히 할 것이면 반드시 하고, 의에 비추어 마땅히 하지 않을 것이면 하지 않는다. 말하자면 군자가 숭상하는 것은 오직 의에 마땅한 것에만 행한다'는 말이다.

만일 윗자리에 있는 군자가 의를 모르고 오로지 용맹만 숭상하면 이치를 거스르고 분수를 범하여 결국 난亂을 일으킬 것이고, 아래 자리에 있는 민중이 한갓 용맹만 있고 의義

로써 제재함이 없다면, 곧 흉포하게 되어 결국 도적이 된다는 말씀을 강조한 것이다. 때문에 '어찌 용맹만을 숭상하겠는가?'라고 답한 것이다.

한편 용맹만을 믿고 까부는 자로에 대해 '맨 손으로 호랑이를 잡으려 하고 맨 몸으로 강을 건너려다가 죽어도 후회함이 없는 사람하고는 함께 하지 않을 것이다. 나는 일(사업, 정책)을 함에 있어서 반드시 두려워하고, 일(사업, 정책)을 도모하기를 좋아하되, 반드시 성공하는 사람과 함께 할 것'이라 답한 바도 있다.

이는 삼군三軍, 즉 전군前軍 · 중군中軍 · 후군後軍(일군은 12,500명)을 지휘하는 사람(이른바 지도자)의 자질을 논하면서 나온 말이다. 삼군과 같은 대군을 지휘한다는 것은 말처럼 쉬운 일이 아니기 때문에 자로와 같은 이는 곤란함을 에둘러 표현한 것이다. 오로지 용맹만이 아닌 지혜의 소유자여야 하는 것이다.

다시 말해 대군을 이끌 지도자는 '한갓 혈기만 믿고 호랑이를 맨 손으로 때려잡거나, 황하와 같은 큰 강을 맨 몸으로 건너다가 스스로 죽어도 후회하지 않을 사람'에게는 자격이 없다는 말이다. 반드시 정책을 꾀함에 늘 두려워하며 과감果敢하게 결단해야 함을 의미한다. 용맹이 아닌 의義가 먼저임을 강조하는 이유다.

누구나 무엇이든 쓸모는 있는 법

"난초가 깊은 숲에 살지만 사람들이 없다고 해서 그 특유의 향기를 내 뿜지 않는 것이 아니듯, 재능과 능력 있는 사람이 우리의 세상 속에 함께 살지만 그 사람들이 자신을 알아주지 않는다고 하여 이바지하지 않는 것도 아니다."[65]

아무리 하찮은 미물일지라도 쓸모는 있는 법이다. 따라서 우리는 그 가치의 발현이 다소의 '결과'만을 가지고 평가되는 것은 적절치 않다. 어떻게 살았냐? 하는 '과정중심'의 삶을 통해 모든 것이 평가된다는 사실을 잊지 말아야 한다.

65) 芷蘭生於深林, 非以無人而不芳. 才者生於衆林, 非以無知而不供. 참고로 "芷蘭生於深林, 非以無人而不芳"은 『순자(荀子)』에 나오는 문구이고, "才者生於衆林, 非以無知而不供"은 필자의 자작이다.

백락이 본성을 해치기도 한다

세상에 '백락伯樂이 있고, 천리마千里馬가 있다'는 말이 있다. 백락은 주周나라 때 사람으로 말의 능력을 단 시간에 알아내는 탁견의 소유자였다. 주인이 아무리 천리마를 소유하고 있다 하더라도 그의 능력을 헤아리지 못한다면, 보통 말로 취급된다는 것이다.

'백락이 있고 천리마가 있다'는 말이 세상에 전하면서 온갖 잔학한 행위들이 마구 펼쳐진다. 천리마로 여겨 말의 본성을 무시하고 길을 들이기 위해 털을 지지고 깎는가 하면 발굽을 조작하기도 한다. 때론 당근과 채찍을 이용해 마구 달리는 것을 제어하기도 한다.

사람들 입장에서 천리마를 보면, 능력 있는 말로 활용되지만 천리마의 입장에서 보면, 분명 속박당하는 삶일 수 있다. 본래 자연에서의 천리마라면 어떤가? 마음 가는 데 가서 풀을 뜯을 수 있고, 물마시고 싶을 때 마시며, 깡충거리며 뛰어놀고 싶을 때 놀 수도 있다.

그러나 길들여진 천리마는 오로지 천리를 달릴 수 있는 능력 말고는 별로 없다. '천리마와 같은 인재로 발탁된 이들도 마찬가지'다. 결국 재주 없는 자의 종[巧者拙之奴]노릇 하는 행위와 다르지 않다. 백락이 천리마의 본성을 해치듯 인재도 본성을 해칠까 두렵다.

우리는 '보수'의 나라?

한민족의 정서는 물질보다 정신

태극太極에서 위쪽은 적색赤色으로 '불'을 상징하고, 아래는 청색靑色으로 '물'을 상징한다. 모두가 알듯 '불'은 위로 오르려는 성질을 지니고 있고, '물'은 아래로 향하려는 성질을 가지고 있다. 적색인 '불'은 자유自由를 상징하고, 청색인 '물'은 평등平等을 상징한다. 즉 '보수'의 최고 가치는 '자유'이고 '진보'의 최고 가치는 '평등'이다.

이웃나라인 일본日本(해의 나라)이라는 나라는 본래 '달의 나라', 즉 월본月本으로 써야 한다. 그들의 성품은 물론 민족적 특성도 잘 살펴보면 음陰의 정서, 즉 물질주의에 훨씬 강하다. '정신'보다 '물질'에 강한 집착을 보이는 것은 이와 같은 지향성 때문이다. 규범화 된 의식을 선호할 수밖에 없고, 법치가 발달하는 이유도 여기에 있다.

반면 우리나라는 정반대다. 예로부터 '정신'이 강한 민족

'Land of merchant'로 칭하고, 일본은 '무사의 나라', 즉 'Land of knight'로 칭하며, 한국을 '군자의 나라', 즉 'Land of schola'로 칭한 것은 저절로 형성된 말이 아니다.

'군자의 나라'를 다른 말로 하면 '평화를 사랑하는 나라'로도 대치할 수 있다. 평화는 '생명 중시'가 핵심이다. 그러므로 '평화'가 아닌 '승리'만을 외치는 사회구조, '상생'이 아닌 오로지 '투쟁'만을 부르짖는 물질적 가치관은 하루빨리 사라져야 한다. 또 손익損益만을 따지는 '공리주의'에서 인륜적 시비를 따지는 '인륜주의'로 시급히 전환해야 한다.

무항산 유항심

춘추전국시대春秋戰國時代라고 하면 세상이 매우 혼란했던 시대로 알려져 있다. 지금부터 2700년 전부터 2200년 전까지 무려 5백 년간이다. 세상이 어지러워 전쟁이 끊일 날이 없었지만 묘하게도 학술사상만은 놀랍도록 발달했다. 당시 제후諸侯라면 누구나 패업에 혈안이 되어 천하의 일류 학자들을 초빙했다. 이름난 학자들은 앞다투어 제후를 찾아 치국책治國策을 건의했다. 이른바 유세遊說가 그것인데 최초로 유세를 한 사람이 공자였다. 물론 실패로 돌아갔지만.

공자가 죽고 백여 년, 맹자가 태어났다. 그 역시 공자처럼 천하를 돌아다니며 자신의 정치적 이상을 펼치고자 노력했지만 제대로 받아주는 이는 없었다. 그 역시 유세에 실패하고 초라한 모습으로 고향에 돌아와 쓸쓸히 만년을 보내고 있었다. 고향에서 그리 멀지 않은 곳에 '등滕'이라고 하는 작은 나라가 있었다. 등나라 문공은 과거 맹자로부터 사사한 적이 있었기 때문에 늘 그의 인격을 흠모하고 있었다. 마침 그가 돌아왔다는 소식을 듣고는 국정의 고문으로 초빙했다.

맹자를 만나자 대뜸 치국책을 물었다. 이에 맹자가 답한 말이 그 유명한 정전제井田制다. 토지를 우물 정井자 모양으로 구 등분해 가운데의 땅만 공전으로 두어 공동 경작하게 하고 나머지는 모두 개인에게 주어 농사를 짓도록 하는 방법이었다. 그것은 그의 철저한 위민정신爲民精神에서 기인한다. 그는 통치자보다는 늘 민중의 입장에서 정치를 논했다. 그의 논리는 간단했다. 왕도정치의 첫걸음은 민중들로 하여금 의식주를 족하게 해주는 데 있다고 한 것이 그것이다.

제아무리 인의와 도덕을 강조한들 민중들이 굶주리고 있다면 신경 쓸 겨를이 없다는 뜻이다. 곧 민생의 안정을 역설한 것이다. 그래서 맹자는 "변치 않는 재산이 있으면, 변치 않는 마음도 있는 법有恒產有恒心"이라는 유명한 말을 남겼다. 이 말을 뒤집어 해석하면 '항산恒產이 없으면 항심恒心도 있을 수 없다'는 말이다. 우리 속담에 '쌀독에서 인심 난다'는 말과 크게 다르지 않은 말이다. 또 '삼일 굶어서 도둑 안 되는 사람 없다'는 말도 이와 무관하지 않은 말이다.

결국 치국의 첩경이 민생에 달려 있음을 알 수 있는 말이다. 말하자면 민중들이 배불리 먹을 수 있어야 예의와 염치를 가르칠 수 있는 것이다. 그렇다면 공직자들은 어떨까? 공직자들도 굶주리면 일반 민중들처럼 도둑이 되어야 할까? 여기서 공직자들이 반드시 새겨두어야 할 말이 있다. "선비는 항산이 없어도 항상된 마음이 있고, 일반 민중은 항산이 없으면 항산된 마음이 없다"는 것이 그것이다. 공직자가 일반 민중과 똑같은 마음을 지녀서는 결코 안 된다는 얘기다.

다시 말해 관자管子도 '창고가 차야 예절을 안다'고 했고, 맹자도 항산恒産이 없으면 항심恒心을 지니기 어렵다고 했지만, 공직자는 항산이 없어도 항심을 지녀야 한다는 말이다. 공직자가 예로부터 선비로 불린 이유도 여기에 있다. 따라서 공직자는 모름지기 "무항산이라도 유항심"의 자세가 필요하다. 이는 지위고하를 막론하고 공직자라면 마땅히 지녀야 할 자세일뿐 아니라 책무다. 모두의 안위와 온전한 나라를 존립케 하는 기틀이 된다는 점에서도 잊지 말아야 한다.

『논어』의 리더십을 발휘할 때

『논어』의 리더십에 대해 시대의 리더들이 관심을 표명하고 있다는 소식이다. 어제오늘의 이야기가 아니지만 새삼 『논어』의 리더십에 대해 관심들이 많다니, 격세지감[67]을 느끼게 한다. "공자왈! 맹자왈!", "지금이 어느 시대인데 공자왈! 맹자왈이냐?" 비판하기 바빴다. 공자孔子가 어떤 인물이고 맹자孟子가 어떤 인물인지 알지도 알려고도 하지 않고 비판하기 바빴다. 그러나 그런 사람들일수록 우리의 삶의 정서를 통해 깨달음을 얻으면 이를 부정하지 않고 받아들인다. 물론 그것이 2500년 전 공자라는 인물이 우리에게 가르침을 준 것이라 하면 더욱 놀란다.

필자 또한 이 같은 비판대열에 있던 사람 가운데 하나다. 뭔가 이런 저런 꺼리를 찾지 못해 비판을 자제하고 있다가 주변에서 "공자왈! 맹자왈!" 하면 "지금이 어떤 시댄데 개가

67) 격세지감(隔世之感)이란, 진보와 변화를 통해 상당히 많이 달라짐. 즉 전혀 다른 세상 혹은 다른 세상이 된 것 같은 느낌을 뜻한다.

풀 뜯어먹는 소리냐"며 비판 아닌 비난을 가하기 바빴던 사람이다. 물론 어떤 계기가 주어지면서 공자의 진솔한 면을 확인하여 태도를 완전히 바꾸어 "공자왈 맹자왈!" 마니아가 되었지만. 이런 거 보면 '천명天命'이 없지 않다는 느낌이다. "하고자 한 게 아닌데 하고 있고, 이르고자 한 게 아닌데 이르러[莫之爲而爲者天也, 莫之致而至者命也]" 있는 것을 보면 참으로 희한한 일이 아닐 수 없다.

여하튼 동시대를 살아가는 각계의 리더들에게 "우리 사회를 이끌어 가는데 어떤 덕목이 도움이 되던가?"라는 물음에 절대 다수가 "『논어』의 말씀을 통해 이끌 때, 가장 효과가 크더라."는 답변들을 볼 때, 『논어』의 힘을 다시금 확인케 한다. 『논어』에 도대체 어떤 이야기(덕목)들이 있기에 조직을 이끌고 사회를 이끄는 데 힘이 된단 말인가? 말에 혹 꿀이라도 발라놓기라도 했단 말인가? 뭐가 있기에 그토록 오랜 세월동안 시대의 리더들이 활용을 하는 것일까. 『논어』의 리더십 덕목, 무수히 많지만 이 가운데 시대의 리더들이 알아두면 좋을 법한 덕목 세 가지만 보자.

우선 학이시습學而時習(배우고 때에 알맞게 익힘)의 '학습형 리더십'이다. 『논어』의 핵심은 '배움으로 시작하여 군자君子가 되는 것'이다. '학이學而'로 시작 '군자君子'로 마무리 되는 공자의 주장은 이를 잘 보여준다. 이를 통해 볼 때, 한국의 교육열이 높은 것은 그의 영향이라 아니할 수 없다. 머리가 원래부터 좋은 것이 아니라 '끊임없이 배우고 익히니' 좋아질 수밖에 없는 것이다. 미국의 버락 오바마가 틈만 나면 우리의 교육열에 대해 찬사를 아끼지 않는 것도 결코 우연이 아니다. 따라서 시대의 리더는 '변화의 주역'이라는 점에서 배움에 진력해야 한다.

두 번째는 화이부동和而不同(사람들과 조화를 잘 이루면서 주체성을 잃지 않음)의 '포용형 리더십'이다. 쉽게 얘기하면 『논어』에서는 '군자'와 '소인'을 나누어 논하면서 끊임없이 '소인'이 되지 말고 '군자'가 되길 주문한다. 즉 "군자는 사람들과 조화를 이루면서도 주체성은 확보하지만 소인은 그저 사람들과 같아지려고만 하고 화합하지는 못하기 때문"이다. 오늘날 우리의 세태를 꼬집는 듯한 말씀이다. 한마디로 예나 지금이나 삶의 구조는 별로 달라진 게 없다는 얘기다. 유명인사가 하나 탄생하면 모두가 따라 하는 것은 천박한 '소인'의 전형임을 알아야 한다.

마지막으로 눌언민행訥言敏行(말은 어눌하게 하고 실천은 민첩함)의 '실천형 리더십'이다. 시대의 리더는 직급과 상관없이 모두가 정치인이라 할 수 있다. 어떤 마음가짐을 가지고 실행

하느냐에 따라 민중이 편안해질 수 있기 때문이다. 공자가 위나라에 갔을 때, 염유라는 제자가 말을 몰았다. 위나라에 사람들이 많은 것을 보고 공자가 "민중들이 참 많구나!" 하며 놀라자, 염유가 "민중이 많으면 어떻게 해줘야 합니까?" 묻자, "잘 먹고 잘 살게 해줘야 한다."고 답했다. 그러자 "이미 잘 먹고 잘 살면 뭘 더 해줘야 합니까?" 하자, "가르쳐야 한다."고 답한 바 있다.

정치의 근본 목적 가운데 두 가지 요소가 있다. 하나는 '도덕의 확립'이고 또 하나는 '경제'다. 도덕은 정신적 삶을 풍요롭게 하고, 경제는 물질, 즉 육체를 풍요롭게 하는 핵심 요소다. 두 가치가 같이 중요하지만 보다 중요하기로 따진다면 '도덕'을 확립하는 것이라고 할 수 있다. 그러나 정책을 실시하는 데 있어서 '경제'를 보다 우선시 하는 것은 군자는 가난해도 도덕을 지킬 수 있는 마음이 존재하지만, 소인은 가난하면 도덕을 배척하기 때문에 육체적 삶, 즉 경제를 중시하는 것이다. 잘 먹고 잘 살게 하여 가르쳐야 한다. 시대의 리더들은 꼭 새겨두어야 한다.

지혜로운 삶의 과정

사람이 살아가는 과정은 각기 다르지만 그 대체적인 삶은 매우 유사한 면을 지니고 있다. 그래서 사람들은 그러한 유사한 삶의 모습에서 나타나는 부분을 가지고 철학을 만들어 내기도 한다. 고대 중국에서는 어려운 삶에 봉착할 때 주로 점술을 이용했다. 이때의 점술은 주로 복서卜筮나 시초蓍草 등을 활용했다. 시대가 변하긴 했지만 옛날에도 많은 사람들이 점을 쳤음을 알 수 있다.

그렇다면 점占은 왜 보는 걸까? 어떤 사람은 전혀 신빙성이 없다고 하여 배척하는가 하면, 어떤 사람은 미래를 예측하는 신비한 힘을 지니고 있다 하여 신봉하기도 한다. 또 어떤 사람은 점이 일종의 경험과학이라고(통계에 기초한 과학) 박박 우겨가며 굉장한 신뢰를 보이기도 한다. 어찌 되었든 한치 앞을 내다보지 못하는 인간의 심리상태를 그대로 보여주는 것이라 할 수 있겠다.

우리 동양에는 점占이라는 책으로 시작하여 오늘날 최고

봉의 철학서가 되어 있는 『주역』이라는 책이 있다. 초기 점술로 시작한 『주역』은 오늘날 동양철학은 물론 서양철학을 공부하는 이들에게까지도 널리 사색하게 하고 있다. 그렇다면 왜 『주역』이라는 책이 이토록 많은 관심의 대상이 되는 것일까? 이는 우리의 삶의 양식이 과거의 그것과 크게 달라진 게 없기 때문일 것이다.

십대는 물에 잠겨 있는 용

인간의 능력은 무궁무진하기 때문에 그것을 상징적으로 표현한 것이 바로 용龍이다. 따라서 십대 전후의 어린 시절은 능력을 발휘하기보다는 힘을 비축하여 장래에 대비해야 하는 시기라 할 수 있다. 말하자면 장차 하늘에 올라 자유롭게 날아다닐 수 있는 무궁무진한 힘을 지닌 용이지만 지금은 물에 잠겨 있어야 하는 것이다. 이때는 함부로 힘을 남발하지 않고 장래를 대비해야 한다.

만일 이 경우에 힘을 축적하지 않고 초기에 다 써버리면 정작 힘을 써야 할 때, 힘을 쓰지 못하고 좌절하기 쉽다. 말하자면 마라톤 선수가 초반전에 전력 질주하여 힘을 다 소모하고 나면 얼마 못가서 레이스Race를 포기하게 되는 경우와 같다고 할 수 있다. 따라서 유능한 코치라면 선수로 하여금 힘을 조기에 소진消盡시키지 않고 비축하도록 조련하는 것과 같은 이치라 할 수 있다.

좌우간 학교 수업만이 아닌 등산이나 운동을 통해 꾸준히 호연지기를 기르는 동시에 끈기와 침착성을 아울러 기르도록 하는 것이 무엇보다 바람직하다. 삶의 이치가 이러함에도 불구하고 부모의 욕심 때문에 아이들에게 학업에 매진토록 하고, 부하가 걸려도 학교에서 최고가 되기만을 기대한다면 얼마 못가서 자녀를 도중에서 낙오하게 만드는 지름길이 된다는 것을 명심할 필요가 있다.

이십대는 물 밖에 나온 용

이십대는 물속에 잠겨있던 용이 물 밖에 나온 경우다. 용은 언젠가는 하늘을 자유자재로 날아야 하는 존재이므로 무한정 물속에만 있을 수는 없다. 십대가 물속에서 힘을 비축하는 시기라면, 이십대는 십대에 다방면에 걸쳐 축적한 힘을 바탕으로 본격적으로 일을 도모해야 할 때인 것이다. 여기서 큰일을 제대로 도모하기 위해서는 무엇보다 자신을 지도해 줄 훌륭한 멘토를 만나는 게 중요하다.

지도자를 만나지 못하고선 발전을 기대하기 어렵기 때문이다. 가령 철학을 전공하고자 하는 학생이라면 철학의 권위자가 소속하고 있는 학교를, 물리학을 인생의 목표로 삼은 학우라면 무조건 유명한 대학보다는 물리학의 권위자가 존재하는 학교를 찾아가는 것이 중요하단 얘기다. 예컨대 '법학'은 하버드나 예일을, '공학'은 MIT나 캘리포니아 공대 등을 선택하는 것이 이와 같은 경우다.

주역周易의 지혜를 토대로 대학을 진학할 때 활용한다면 유용할 것이다. 먼저 자신의 적성을 분석한 다음 철저히 자신에게 맞는 분야를 찾고 그 다음에 그 분야에서 가장 권위 있고 실력 있는 선생님을 찾아가는 것이 중요한 것이다. 사정이 이러함에도 학교의 평판이나 성적을 토대로 따랐다가는 진학하여 자신의 기반을 점차 무너뜨려 인생의 실패자가 될 수도 있음을 각오해야 한다.

삼십대는 비약을 위해 전력투구하는 용

삼십대는 이십대에 권위자를 만나 실력을 연마한 다음, 자신의 위치를 당당하게 점하는 시기에 해당한다고 할 수 있다. 이 시기는 배우는 시기를 마감하고 윗사람의 위치로 진

자신을 받들고 따르던 사람들이 따르지 않아 때론 섭섭하고 외로워질 수도 있는 시기다. 하지만 섭섭함과 외로움을 참지 못하여 간혹 찾아주는 사람에게 질책을 가하면 오히려 역효과만 드리우기 십상이다.

이러한 모습들이 바로 『주역』에서 말하는 지혜다. 달이 차면 기울고, 해가 중천이 되면 저물기 시작하며, 꽃도 피면 반드시 시든다. 사람의 세력勢力이 오래가지 못하는 것은 자연의 이치다. '권불십년權不十年'이라 하지 않던가? 자신의 인생이 기울어졌을 때를 인식하지 못하고 계속 고자세를 취하면 결국 모두에게 무시되고 버림받게 되어 낭패를 보게 된다는 것을 잊지 말아야 한다.

참고문헌

1. 한국

김해영, 『삼서강의』, 안티쿠스, 2015.

김해영, 『공직자, 논어를 읽다』, 안티쿠스, 2014.

김해영, 『손에 잡히는 철학』, 도서출판 문화문고, 2014.

김해영, 『지금은, 정조를 읽어야 할 시간』, 안티쿠스, 2013.

김해영, 『철학자, 정조의 효치를 분석하다』, 안티쿠스, 2012.

김해영, 『변화와 희망을 위한 철학에세이』, 도서출판 문화문고, 2010.

오문환, 『사람이 하늘이다』, 솔, 1996.

오석원, 『한국 도학파의 의리사상』, 성균관대학교출판부, 2005.

윤무학, 『순자』, 성균관대학교출판부, 2005.

한국철학사상연구회, 『철학대사전』, 동녘, 1997.

홍사성 편, 『불교상식백과』, 불교시대사, 1993.

2. 중국

『小學』, 『大學』, 『論語』, 『論語集註』, 『孟子』, 『孟子集註』, 『中庸』, 『書經』, 『禮記』, 『周禮』, 『春秋左氏傳』, 『周易』, 『荀子』, 『史記』, 『道德經』, 『莊子』, 『管子』, 『淮南子』, 『呂氏春秋』, 『漢書』, 『韓非子』, 『孝經』.

팔랑개비, 세상을 날다

발행일 | 초판 1쇄 2016년 3월 15일

지은이 | 김해영
펴낸이 | 고진숙
펴낸곳 | 도서출판 문화문고
책임편집 | 김종만
북디자인 | 배경태
CTP출력·인쇄 | 천일문화사
제본 | 대흥제책
물류 | 문화유통북스
출판등록 | 제300-2004-89호(2005년 5월 17일)
주소 | 03020 서울시 종로구 자하문로 266, 612호
전화 | 02-379-8883, 723-1835
팩스 | 02-379-8874
이메일 | mbook2004@naver.com

ISBN 978-89-7744-045-6 03810

이 도서의 국립중앙도서관 출판시도서목록(CIP)은 서지정보유통지원시스템 홈페이지(http://seoji.nl.go.kr)와 국가자료공동목록시스템(http://www.nl.go.kr/kolisnet)에서 이용하실 수 있습니다(CIP제어번호: 2016005728).